AF502104

LE

MASQUE DE FER,

OU LES

AVENTURES

ADMIRABLES

DU PERE ET DU FILS.

PREMIERE PARTIE.

A LA HAYE,

Chez PIERRE DE HONDT.

M. DCC. LIX.

AVERTISSEMENT.

'HISTOIRE DU MASQUE DE FER contient des faits si extraordinaires que ce n'est pas sans raison qu'on désireroit de connoître les personnages qui y sont dépeints : il y a lieu de croire qu'on n'est privé de cette connoissance, que parce que nous vivons dans un Siécle dont la politesse ne permet pas de faire assez d'honneur au Despotisme & à la Tyranie pour nommer ceux qui en ont fait usage : on ne manque cependant pas de lumiéres sur des sujets semblables à celui de cette Histoire. Les Turcs racontent, qu'un de leurs Empreurs fit enfermer son Frere ainé dans les Sept-Tours pour s'emparer de son Trône, & que craignant que la douceur & la majesté répandues sur la phisionomie de ce Prince, ne séduisissent ses Gardes & n'en prissent compassion, il lui couvrit le visage d'un Masque de Fer fabriqué & trempé de telle sorte, qu'il n'étoit pas possible au plus habile ouvrier de parvenir à le rompre ni à l'ouvrir.

La Tradition nous aprend que du tems de Cromwel, un Prince d'Ecosse fut envoyé dans les Isles de l'Archipel, & qu'afin qu'il ne fût jamais reconnu, on se servit du moyen dont on vient de parler. Du tems de Dom Pédre le Cruel, Roi d'Espagne, un Pere en usa de même contre un de ses Fils qui l'avoit déshonoré par une action honteuse. A Stockolm on fait mention qu'un Prince nommé Jean Theull, jaloux de sa femme, s'y prit de cette maniére pour exécuter son dessein : le lendemain de ses noces, il mit dans la boisson de son Epouse une poudre qui provoquoit à dormir, & pendant son sommeil il lui enferma le visage dans un Masque de Fer fait à peu près comme un casque : à son réveil, il fit accroire à cette Princesse infortunée que le malheur qui lui étoit arrivé, étoit une punition du Ciel, pour avoir inspiré de l'amour à d'autres qu'à lui, & pour s'être trop glorifiée de sa beauté. Nous nous en tiendrons à ces Exemples, pour informer le Public par quelle occasion ce Manuscrit nous est parvenu : elle est assez singuliere.

L'étude à laquelle je vaquois sur le Langage des Bêtes, m'obligeant de joindre à mes lumiéres les remarques & les conseils des plus habiles gens, je me rendis, dans cette vue, chez un Sçavant du premier ordre de Paris, au Fauxbourg S. Germain; & comme il faisoit son amusement de cette occupation philosophique, le hazard voulut que j'y fus retenu par les charmes de la conversation, jusqu'à plus de deux heures après minuit. Depuis la rue S. Dominique jusques sur le Pont-neuf, je ne rencontrai personne: le Guet ou les Gardes de nuit s'étoient retirés plutôt qu'ils ne doivent; la nuit étoit des plus obscures, à peine voyois-je à me conduire. Tout étoit dans une si grande tranquillité, qu'en passant devant le Cheval de Bronze, le cri d'un oiseau de nuit m'éfraya sans que j'en fusse le maître: je ne fus pas à quelque distance de-là, qu'il me sembla entendre des voix qui se parloient bas; j'écoutai & j'entendis marcher, mais je ne distinguai rien. Je ne doutai pas qu'une terreur panique ne se fût emparée de mon ame; je me le reprochai & je continuai mon chemin.

Je conçus cependant, quelques minutes après, que mes frayeurs n'étoient pas sans fondement: je retournai la tête au bruit que j'entendis derriére moi, & je distinguai trois hommes qui me suivoient avec précaution. Quoiqu'il ne fut point de mon état de porter l'épée, j'en avois une. Je crus que dans une occasion où il s'agissoit peut-être de la vie, il me convenoit de me tenir sur mes gardes pour me défendre, en cas qu'on en voulût à mes jours. Cette généreuſe réſolution priſe, je voulus l'exécuter ; mais par malheur la lame de mon épée, rouillée ſans doute depuis long-tems, ne voulut jamais quitter le foureau.

Pendant que je faiſois de vains efforts pour me mettre en état de défenſe, je fus tout d'un coup attaqué par ces trois hommes à la fois. Je leur demandai grace, je criai miſéricorde, j'offris ma bourſe, & me débatis de toutes mes forces ; mais les cruels furent ſourds à mes cris, & continuant leur deſſein, l'un me tenoit par les bras, pendant qu'un autre tâchoit à réunir mes jambes, & le troiſieme, par les ſecouſſes qu'il me donnoit, me fit connoître qu'ils vouloient me jetter dans la riviére. Je me recommendai à Dieu, il falloit faire le ſaut, une plus longue réſiſtance ne pouvoit ſervir qu'à m'ôter toutes mes forces, & les moyens de pouvoir regagner un bateau ou le rivage. L'eſpoir dans les plus extrêmes dangers luit toujours dans notre ame : frapé confuſément de cette idée, déterminé d'ailleurs par un avis de me lier les bras & les jambes, je m'élançai moi-même dans la riviére. O Dieu miſéricordieux, m'écriai-je en tombant, ne m'abandonnes pas ! je n'en pus dire davantage. J'avois à combattre contre les eaux qui m'engloutissoient ; j'étois prêt à me noyer, & il s'agissoit à force de bras & d'efforts de m'arracher au danger pressant qui me menaçoit.

Je lutai environ une demi-heure contre la mort que j'entrevoyois : mes habits, malgré tout ce que je pouvois faire pour éviter d'aller à fond, m'entraînoient par leur pesanteur. Sans un miracle, sans un secours divin je périssois. L'eau commençoit à bouillonner dans ma bouche & dans mes oreilles, mes forces m'abandonnoient ; mais ô prodige ! en me débattant je trouve sous ma main un corps qui surnage, je l'accroche, je me jette dessus : c'est une espéce de coffre qui suit le courant de l'eau. Je remercie le Ciel avec transport, & un instant après je me trouve arrêté au milieu de plusieurs bateaux.

Mon premier mouvement fut d'abord d'apeller quelqu'un de ceux qui veillent à la garde des bateaux & du Port. Mais cette réflexion m'arrêta ; je serai obligé, me dis-je, de me déclarer : cette aventure fera de l'éclat, ou deviendra suspecte. M'en croira-t'on, & ne traitera-t'on pas de fable un événement si facheux ? Ces idées me firent résoudre à attendre le jour. Tant que ma vie avoit été en danger, je n'avois fait aucune attention au vol qui m'avoit eté fait ; mais je ne fus pas plutôt libre, que j'y songeai avec douleur : Outre celui de mon argent, & il étoit considérable pour moi, puisque c'étoit tout ce que je possédois, on m'avoit pris encore ma montre & ma tabatiére auxquelles j'étois fort attaché. Ces pertes ne pouvoient être, selon ma fortune, réparées de long-tems, c'étoit le fruit de plusieurs années de travaux & d'économie ; ce qu'on a acquis par de pareilles voies est toujours précieux : une lueur de consolation m'avoit frapé ; ce coffre, qui m'avoit sauvé la vie, & qui n'étoit à personne, ne pouvoit-il pas, par ce qu'il contenoit, m'indemniser de mes pertes. Je me berçai de cette idée ; elle ne contribua pas peu à me faire attendre le jour avec patience, espérant trouver quelque porteur pour m'aider à transporter mon prétendu trésor.

En attendant ce tems qui ne pouvoit être fort éloigné, j'examinai, autant que l'obscurité put me le permettre, mon précieux coffre ; c'étoit une petite male de campagne très-bien fermée, & dont le cuir étoit neuf. Je la levai, & par sa pesanteur je la jugeai remplie, & me mis à faire l'inventaire de ce qu'elle devoit contenir, tant en argent qu'en linge & en habits. Dans cette croyance, je pris un parti qu'en toute autre occasion je n'aurois jamais pensé. Je n'étois point accoutumé à porter des fardeaux ; cependant j'enlevai celui-ci, & m'en chargeai avec beaucoup de peine, & sortis du bateau courbé sous le poids, & sans faire trop d'attention aux suites que pouvoit avoir une aventure aussi extraordinaire.

En passant la planche qui communiquoit du dernier bateau aux marches de l'escalier du Quai de l'Ecole, je pensai tomber deux fois dans l'eau ; dès que je fus au haut du Quai, mes forces furent épuisées. Le hazard fit passer dans ce moment un de ces vendeurs d'eau-de-vie qui en distribuent la nuit dans les rues de Paris, & qui avant que de se retirer avoit coutume d'en porter aux Gardes ; je l'apellai, sans faire attention qu'ayant été volé, je ne serois pas en état de payer un verre de ratafia que j'avois dessein de boire, & dont je sentois avoir un très-grand besoin.

Ce vendeur d'eau-de-vie ne m'eut pas plutôt aperçu à la lumiére de sa lanterne, que me voyant trempé comme j'étois, il voulut sçavoir ce qui m'étoit arrivé. En recevant vn verre de sa liqueur, je lui dis que je ne tarderois pas à lui en faire part : me trouvant un peu remis de ce premier verre, je lui en demandai encore un second, qui me fit un si grand plaisir que je n'en ai jamais ressenti de pareil.

Ce marchand avoit auſſi de petits gâteaux ; j'en mangeai quelques-uns. Après quoi il fallut le payer & lui conter mon Hiſtoire. Je commençai par le plus intéreſſant. Mais, ô Ciel ! je me fouille en vain. Les voleurs m'avoient ôté juſqu'à mon mouchoir. Cet homme voyant à l'air embarraſſé dont je retournois mes poches, que je ne le pouvois payer, & que mon Hiſtoire pouvoit être vraie, ſe mit de mauvaiſe humeur, en diſant qu'il ne prétendoit point être la dupe de mon éfronterie. Pour l'apaiſer, je le priai de me ſuivre chez moi où je le payerois gracieuſement. Mais ſans vouloir ſe rendre à mes raiſons, il exigeoit de l'argent ; & pouſſant la brutalité au dernier point, il lui échapa de me traiter de fripon, & qu'en l'état où j'étois, il ne doutoit pas que je n'euſſe volé dans quelque bateau le coffre ſur lequel j'étois aſſis. Je ne pus entendre ces diſcours de ſens froid, & le traitai de faquin. A ce mot, d'une de ſes bouteilles il m'auroit fendu la tête, ſi je ne l'euſſes eſquivé : alors ne gardant plus de meſure, l'eau-de-vie d'ailleurs ayant ranimé mes eſprits, je fondis ſur lui en furieux, & le fis repentir à force de coups de ſa brutalité.

Cependant ſes cris me faiſant craindre que les Gardes du Port ne ſurvinſſent, je le laiſſai-là, je tournai à gauche &

gagnai, chargé de mon coffre, le premier Guichet. Ce ne fut pas sans croire être poursuivi à chaque instant, effrayé de plus en plus par les plaintes de cet homme qui ne finissoient pas. Enfin je me rendis sans peine dans une rue détournée, où trouvant un Crocheteur, je le chargeai de mon coffre, sans s'embarrasser d'où je venois, & j'arrivai heureusement chez moi, où je trouvai encore assez d'argent pour le payer. Dès qu'il fut parti, je me changeai au plus vîte de linge & d'habits, après quoi je ne songeai qu'à m'éclaircir de quelles sortes de biens le hazard m'avoit rendu possesseur.

Après quelques coups de marteau, les serrures de la male étant rompues, quelle fut ma surprise de ne trouver que des Livres! c'étoit à coup sûr le magasin de quelque Auteur: je secouai l'oreille à cette triste découverte, & me persuadai bien que ma fortune n'étoit pas faite. Le goût que j'ai toujours eu pour la Littérature me consola d'un espoir conçu trop ridiculement: je tirai ces Livres les uns après les autres, ils n'étoient presque pas mouillés. Le premier qui me tomba sous la main, fut la Vie de Marianne. Ton Auteur, m'écriai je, est sans pareil, & digne, par sa délicatesse, des justes aplaudissements qu'on lui donne; mais il n'a sûrement pas prévu, ô Fille aimable, l'aventure extraordinaire qui te remet entre mes mains. Après ces Brochures, je rencontrai le Bachelier de Salamanque, il étoit un peu mouillé. L'estime que j'ai pour celui à qui il doit le jour, me fit lever avec précipitation pour le déposer dans mon lit : c'étoit un acte doublement juste ; après avoir tant travaillé, il mérite assurement de se reposer.

Une liasse d'autres Romans me tomba ensuite sous la main ; j'en lus les titres : Egaremens du cœur & de l'esprit, Rantzai, Lettres, &c. Oh! pour ceux-là, m'écriai-je, il faut bien les sécher : je serois au désespoir qu'ils fussent endommagés. Quand ils ne seroient pas aussi bien écrits & aussi délicats qu'ils le sont, la considération que j'ai pour leur Pere, me les feroit serrer avec soin. Je les mis à côté de Marianne sur ma cheminée entre quelques pots de fleurs, le seul endroit de mon apartement où ils pouvoient paroître avec le plus de distinction. Après ces Livres, il me tomba sous la main une trentaine de brochures liées par petis paquets, dont les titres étoient écrits sur l'étiquette. C'étoient des Paysannes, des Lamekis, des Mentors, des Mémoires posthumes, une Chimêne de Spinelli, un Marquis de Fieux. En un mot, tous les Ouvrages d'un Auteur Cavalier qui écrit aussi vîte qu'un autre eſt long à méditer. Oh ! pour vous, Meſſieurs les Ecrits, *m'écriai-je*, vous ne trouverez pas mauvais que je vous place à terre. Mon plancher eſt net, vous ſerez du moins auſſi-bien ici que dans la pouſſiere des Magaſins où vous devriez languir. *Je paſſai à d'autres ; j'en trouvai de toutes les claſſes & dans tous les genres : l'intitulé d'un petit paquet m'intéreſſa ; je l'ouvris, c'étoient des Libelles, j'en parcourus les titres : mais ſoit l'horreur que j'ai toujours eu pour ces ouvrages, ſoit la ſuite de mes fatigues, je me trouvai ſaiſi d'un friſſon qui me détermina à me réchauffer en y mettant le feu, animé d'un déſir ſecret que tous les écrits d'un pareil genre reçuſſent le même traitement.*

Je commençois à déſeſpérer de rien trouver qui pût m'indemniſer de mes pertes, lorſque j'aperçus ſous un Tyran le Blanc, une petite caſſette fermée à clef, dont l'aparence annonçoit ce que je cherchois. Mais après l'avoir forcée, encore des Livres, me plaignis-je avec dépit, ô fortune ennemie ! eſt-ce là la route qu'il faut tenir pour arriver à ton ſanctuaire ? Après ce peu de mots, je tirai de cette caſſette un Manuſcrit proprement lié de nompareilles bleues ; le titre en étoit écrit en deux langues, en Eſpagnol

& en Français. Ce titre me parut singulier, & me fit jetter les yeux avec empressement sur les premieres pages : leur lecture m'intéressa de façon que je ne m'arrêtai qu'après avoir lu la premiere partie en entier.

Enfin pour ne vous point ennuyer, Lecteur, par un plus long détail, le Manuscrit dont je viens de vous parler est le Livre que je vous presente aujourd'hui. Si vous aimez la singularité des événemens, si l'imagination peut avoir des charmes pour vous, si la solidité d'une morale épurée est capable de vous prévenir, vous aurez certainement lieu, par la lecture de ce Livre, de benir l'aventure qui me l'a mis en main pour vous le présenter. Je m'en réjouirai même, si vous le voulez ; mais je vous protesterai en même-tems que j'aimerois mieux renoncer à paroître jamais à vos yeux, s'il me falloit acheter cette faveur par un événement qui aprochât de celui dont je vous ai fait le détail.

LE MASQUE DE FER, *OU LES* AVENTURES *ADMIRABLES* DU PERE ET DU FILS; ROMANCE *TIRÉE DE L'ESPAGNOL.*

CHAPITRE PREMIER.

DOM PÉDRE DE CRISTANVAL, Viceroi de Catalogne, aussi grand Politique que brave Capitaine, étoit le Pere de celui dont je vais conter l'Histoire. Il descendoit en ligne directe des Rois de Fez, & l'ancienneté de son origine étoit telle, qu'elle auroit pu le disputer à celle de ſes Rois. Sa jeuneſſe avoit été illuſtrée par les plus grandes actions, & à l'âge de quarante ans elles lui avoient acquis une telle eſtime dans l'eſprit du Roi qui régnoit alors, qu'il n'avoit pas cru devoir moins faire pour les récompenſer, que de le recevoir Chevalier de l'Ordre d'*Alcantara*, & de le nommer Viceroi d'un de ſes plus beaux Royaumes.

Dom Pédre juſques-là n'avoit connu d'autres paſſions que celles de la Gloire & de l'Ambition; en vain les plus belles Femmes de Madrid, & de toutes les Provinces d'Eſpagne, s'étoient-elles efforcées à l'envi de lui plaire, auſſi frivolement avoient-elles étalé leurs charmes aux Combats des Taureaux, aux Tournois & aux Aſſemblées publiques; nulles d'elles n'avoient jamais pu ſe flater de lui avoir donné la moindre émotion. Son cœur, plus ferme que le roc, & plus dur, ſi l'on veut, que le Diamant, émouſſoit tous les traits qui lui étoient décochés. Prévenu, par une mâle éducation, des foibleſſes qu'occaſionne le commerce des Femmes, il les évitoit, & cette habitude continuelle à s'en défier, l'avoit ſi fort aguerri contre leurs charmes, que plus elles étoient belles & moins il étoit complaiſant; lorſque l'uſage & les bienſéances l'obligeoient à ſe trouver avec elles, ſon mépris pour le ſexe, ſi l'on oſe ſe ſervir de ce terme, étoit ſi bien connu, que jamais aucune n'avoit oſé tenter de ſe l'aſſervir : l'entrepriſe paroiſſoit impoſſible, & la vanité avoit toujours retenu celles à qui ſa figure & ſon air noble en avoient impoſé.

L'on étoit encore dans ce tems où les Défis & les Cartels étoient en uſage ; en vain, avoit-on un rang, de quelque qualité qu'on fût, l'on auroit paſſé pour un Cavalier mépriſable, ſi l'on avoit oſé refuſer un combat propoſé. Il eſt vrai que, lorſqu'un Chevalier envoyoit ſon gand à un Homme diſtingué, il devoit faire aſſurer qu'il étoit noble ; on l'en croyoit à ſa parole : s'il étoit vainqueur, ſon courage prouvoit ſa naiſſance, & il pouvoit ſortir de la lice la viſiere baiſſée ; mais ſi le contraire arrivoit, il falloit que le vaincu ſe fît connoître aux Juges ; & s'il avoit été aſſez téméraire pour en avoir impoſé, il étoit puni comme un impoſteur, dégradé des armes & banni pour jamais de ſa Patrie.

La veille du jour que Dom Pédre devoit être reçu dans la Capitale de ſon Gouvernement, on vint lui annoncer qu'un Ecuyer d'un Chevalier arrivé pour le Tournois qui devoit être ouvert le lendemain, à cause de la fête, demandoit à lui parler. Le Viceroi étoit dans ce moment environné de tous les principaux Seigneurs de Catalogne, avec lesquels il régloit une partie des choses qui devoient être pratiquées pour les jours suivans. Cette annonce est aussi nouvelle qu'extraordinaire, leur dit-il en souriant : vous verrez que quelque jaloux des graces que le Roi me fait, prétend s'en venger en me portant un défi, & en me mettant dans le cas d'être vaincu. Les principaux de l'Assemblée s'écriérent qu'il falloit renvoyer l'Ecuyer, & que le Viceroi pour les prémices de son ministére devoit abolir des coutumes aussi injurieuses à la Majesté Souveraine, qu'au rang de celui qui la représentoit : non, non, que cet Ecuyer entre, reprit *Dom Pédre*, je suis trop ami de la valeur pour l'humilier par de pareils endroits ; en un mot, il ne sera pas dit qu'un homme, qui a fait jusqu'ici profession des Armes, profite de son élevation pour les avilir : les dignités n'amolissent point le cœur d'un Soldat ; & s'il est vrai qu'on veuille en faire l'épreuve, je serai le premier à entrer en lice & à faire connoître que je suis digne de l'éclat dont on a bien voulu m'honorer.

A peine *Dom Pédre* avoit-il achevé ces mots, que le Cavalier qui s'étoit fait annoncer parut; il se découvrit fiérement, salua l'Assemblée & remit son chapeau. A toi *Dom Pédre*, s'écria-t'il, en lui jettant un gand auquel étoit attaché un Cartel. Je l'accepte, reprit le Viceroi en le ramassant : salut à ton Maître & victoire à moi.

L'Ecuyer s'en retourna sans repliquer, après avoir salué le Viceroi & l'Assemblée. Il ne fut pas plutôt éloigné que *Dom Pédre*, se retirant à l'écart, lut le défi; il étoit conçu en ces termes.

CARTEL.

A toi brave *Dom Pédre* : je te défie à pied ou à cheval : la lance en arrêt ou l'épée à la main : tu m'as offensé cruellement, il faut m'en faire raison, & que l'un ou l'autre périsse : tu m'as vaincu une fois sans me livrer combat, nous verrons si la victoire sera toujours de ton côté : les conditions sont, que si tu mords la poussiére, tu subiras le joug qu'il me plaira t'imposer. (*Sauf la Majesté Royale, ton honneur, ton devoir & les restrictions ordinaires.*) Si je tombe à tes pieds, tu feras de moi ce qu'il te plaira. (*Sauf à mon honneur seulement.*) A toi brave Dom Pédre : Salut.

Le Chevalier VIRGO.

Dom Pédre ne put s'empêcher de rire & du Cartel & du nom singulier qui le terminoit ; il y a sans doute un mystere renfermé dans le nom de ce Chevalier, dit-il en lui-même, aussi-bien qu'à cette victoire que j'ai remportée sur lui sans le combattre. Les Seigneurs Catalans qui environnoient le Viceroi, jugérent à son air rêveur que le Cartel lui donnoit à penser ; ils s'aprochérent de lui dans l'espérance qu'il leur en feroit part, mais ils ne connoissoient pas Dom Pédre : tout ce qui avoit raport à l'honneur étoit pour lui respectable ; & quoique ce qui venoit de se passer eut l'air d'une plaisanterie, il garda le secret ; il s'agissoit de combat, cela suffisoit, il en respectoit jusqu'au nom.

Le lendemain de la Réception de ce Grand-Homme, le Tournois fut ouvert comme il avoit été publié. Lorsque les Juges eurent pris place, on apella les tenants : Le Viceroi entra le premier dans la lice ; il étoit monté sur un superbe

Coursier Turc, dont l'allure sembloit se glorifier de porter un si brave Soldat. Son Armure étoit noire, aussi-bien que tout ce qui en dépendoit; il fit le tour de l'Arène d'un air fier & qui sembloit annoncer la Victoire; fut saluer les Juges & se tint sous leurs balcons jusqu'à ce que son Adversaire parut.

Il ne se fit pas attendre : à peine les barriéres lui eurent-elles été ouvertes, qu'il s'éleva un murmure d'aplaudissement à sa vue; il manioit un Cheval plus blanc que la neige, harnaché de la même couleur : La taille du Chevalier qui le montoit n'étoit pas grande, mais elle étoit si bien prise que, malgré la cuirasse qui la couvroit, on démêloit qu'elle étoit fine & aisée; ses armes étoient blanches aussi-bien que la plume qui flottoit au-dessus de son Casque; l'on ne pouvoit se lasser d'aplaudir & d'admirer cet aimable Chevalier. Il fit, comme le Viceroi, le tour de l'Arène; & lorsqu'il eut salué les Juges, il prit du champ & attendit le signal pour commencer le combat.

Le choc avec lequel les assaillants se rencontrérent fut si violent, qu'ils vuidérent l'un & l'autre les arçons : le Viceroi se remit bien-tôt en selle, & tournant la tête de son Cheval pour reprendre du terrein, il fondit ensuite vigoureusement sur le Chevalier aux armes blanches, qui, moins prompt que son Adversaire, achevoit de se remettre du dérangement que lui avoit causé la premiere rencontre. Peu préparé à ce choc imprévu d'une lance poussée par un bras vigoureux, il tomba de son Cheval dans l'Aréne, sans avoir pu se défendre de cette chûte imprévue.

Si le Peuple éleva jusqu'au Ciel la valeur du brave *Dom Pédre*, il ne plaignoit pas moins le malheur du *Chevalier aux armes blanches*, pour lequel il s'étoit d'abord intéressé : Le Viceroi, sans s'arrêter à ces murmures différens, étoit descendu de cheval & l'épée à la main en présentoit vainement la pointe à son Adversaire, pour l'obliger à lever la visiére & à se faire connoître. N'es-tu pas content de ton Triomphe, s'écria *le Chevalier aux armes blanches*, avec un son de voix si doux qu'il surprit *Dom Pédre* : pourquoi veux-tu m'ôter jusqu'à la consolation de dérober ma défaite & ma honte ? Qu'il te suffise de l'aveu que je fais publiquement, qu'il n'y a que toi seul dans le monde qui jusqu'ici ait été mon Vainqueur : sois généreux, n'en exiges pas davantage : non, non, s'écria le Viceroi, je ne t'aurois vaincu qu'à-demi, si j'ignorois qui tu es ; plus tu aportes d'obstacles à te laisser connoître, & plus je brule du désir de t'examiner : cependant si tu crois que ta chûte soit plutôt un effet de mon adresse où du hazard que de ma valeur, reléves-toi, & recommençons le combat à pied, nous verrons si la fortune s'est trompée en me donnant l'avantage. Après ces mots *Dom Pédre* présenta la main au *Chevalier* & l'aida à se relever.

Le Viceroi se préparoit à recommencer le combat, & son adversaire trop courageux accepta son offre généreuse, & se présenta l'épée à la main ; mais Dom Pédre s'étant aperçu que le sang couloit à gros bouillons au défaut de l'épaulette de la cuirasse de son Ennemi, s'écria : arrêtes, tu es blessé, & je ne veux pas qu'il soit dit que je profite d'aucun avantage ; à peine eut-il proféré ces mots, que *le Chevalier aux armes blanches*, s'apercevant de sa blessure, jetta un grand cri & tomba à la renverse sans sentiment.

Dom Pédre ému sans en sçavoir la raison, accourt précipitamment vers son adversaire pour le secourir : mais, que devint-il lorsqu'il eut levé la visiére de son casque, en reconnoissant à la beauté d'un visage fait pour être adoré, qu'il ne triomphoit que d'une jeune personne : ô Ciel ! s'écria-t'il, quel est le principe d'une entreprise aussi extraordinaire ? Se peut-il que j'y aye été trompé ? La crainte cependant que ce mystére ne fut divulgué, & qu'il n'eut des conséquences désavantageuses pour sa belle ennemie, le retint ; il rebaissa la visiére de son casque, & ordonna qu'on emportât ce Chevalier dans son Palais, voulant, disoit-il, en avoir soin lui-même, & donnant à entendre qu'il le connoissoit particuliérement.

Il suivoit d'un pas fort triste le brancart sur lequel l'on transportoit l'inconnue, lorsqu'un de ses Gardes lui dit que l'Ecuyer du Chevalier blessé, demandoit avec instance à lui parler. Le Viceroi étoit trop inquiet d'éclaircir cette aventure pour hésiter un moment à l'étendre : il avoit une idée qu'il connoissoit la personne qui venoit de jouer un rôle aussi dangereux. Seigneur, lui dit l'Ecuyer en s'aprochant de son oreille, faites en sorte que je vous parle sans témoins, & que le secret soit ici gardé, je n'ai qu'un mot à vous dire pour vous y convier. Le Chevalier que vous venez de blesser si malheureusement, n'est autre que la Princeſſe de Caſtille....... La Sœur du Roi, s'écria *Dom Pédre* ! juſte Ciel ! que me dis-tu ? Ah ! ne perdons pas de tems en diſcours ſuperflus, preſſons-nous de la ſecourir : grand Dieu ! qui auroit pu prévoir jamais un ſi prodigieux accident.

Dom Pédre ſe donna effectivement tous les ſoins néceſſaires pour que la Princeſſe fut promptement ſoulagée : heureuſement ſa bleſſure ne ſe trouva pas dangereuſe, & ſon Chirurgien, auquel il avoit confié ſon ſexe ſans la nommer, l'aſſura que dans peu elle ſeroit hors d'affaire. Le Viceroi fut conſolé de ces nouvelles ; un mouvement qu'il n'avoit pas reſſenti, l'intéreſſoit vivement pour cette guériſon. Sans ſçavoir d'où procédoit ſon inquiétude, il paſſoit à tous les inſtans du jour dans l'apartement de la Sœur du Roi pour aprendre de ſes nouvelles Ce n'étoit plus l'indifférent *Dom Pédre*, ce Soldat terrible qui n'étoit ſenſible qu'au plaiſir de la guerre, l'Amour en avoit fait un amant tendre, compatiſſant & reſpectueux. Il ne s'aperçut de ce changement qu'avec indignation ; il voulut y réſiſter, & en rejetter la cauſe ſur le reſpect dû au Sang de ſes Rois ; mais il ne fut pas long-tems ſans connoître qu'un motif plus puiſſant étoit l'auteur de ſes ſoins &

de ſes inquiétudes : il en rougit, voulut s'éloigner ou du moins en dérober l'aveu ; mais que pouvoit-il ? le trait avoit enfin porté, en vain eut-il voulu l'arracher.

Huit jours ſe paſſérent ſans qu'il pût être inſtruit de la raiſon extraordinaire qui avoit engagé la Princeſſe à tenter une auſſi périlleuſe Aventure. Son Ecuyer, auquel il s'étoit adreſſé pour en aprendre la cauſe, s'étoit excuſé ſur les ordres qu'il avoit de garder ſon ſecret : quelques promeſſes qu'il fit, le Gentilhomme fut fidele & ne trahit point la confiance de ſa Maîtreſſe. *Dom Pédre* connut qu'il ne pouvoit eſpérer de lumiére à ce ſujet, que de la Princeſſe elle-même, & il attendit avec impatience qu'elle fut en état de le recevoir, afin de mériter par ſes ſoumiſſions une grace qui lui devenoit de plus en plus chere, & dont il craignoit de s'être rendu indigne, par le malheur qu'il avoit eu d'en triompher.

Le neuviéme jour, la Sœur du Roi ſetrouvant en état de parler, fit apeller le Vice roi : à peine fut-il entré, qu'il ſe jeta aux pieds de la Princeſſe, & lui demanda de ſincéres pardons du malheur qu'il avoit eu d'oſer la combattre, & des ſuites de cet horrible attentat. Relevez-vous *Dom Pédre*, s'écria-t'elle, j'ai mérité par mon imprudence ce qui m'eſt arrivé, & vous n'avez aucunes excuſes à m'en faire : plût au Ciel que je fuſſe auſſi innocente que vous ! relevez-vous, s'écria-t'elle une ſeconde fois, avec un air de bonté, qui pénétra juſqu'au fond de l'ame ſon vainqueur : j'ai des ſecrets à vous communiquer, il eſt tems que vous les ſachiez & que j'aprenne de votre bouche l'arrêt de ma deſtinée ; en achevant ces mots, qui ne ſurprirent pas peu *Dom Pédre*, la Princeſſe ſoupira, & lui parla en ces termes.

Vous n'ignorez pas la tendreſſe que le Roi mon Frere a toujours eue pour moi : hélas ! ne s'eſt-elle pas manifeſtée dès qu'il a eu l'âge de raiſon ? Quelqu'enfant que je fuſſe dans ce tems, elle m'étoit précieuſe, & il ſembloit que j'en connuſſe la valeur : je m'étois ſi fort habituée à être nourrie près de lui, que je ne pus ſuporter ſa ſéparation, lorſqu'il eut atteint l'âge où on le retira des mains des Femmes pour le faire paſſer ſous la diſcipline des Sages deſtinés à ſon éducation. Ce changement me cauſa une telle douleur, que j'en tombai malade dès le lendemain : je n'avois que ſix ans alors ; & trop jeune pour ſentir les judicieuſes raiſons qu'on m'allégua, je n'écoutai que mes regrets & mon déſeſpoir. Il donna tant de frayeur que le Roi, en étant informé, décida que l'apartement de mon Frere & le mien ſeroient contigus, & que je le verrois quand il me plaîroit.

Cette condeſcendance de mon Pere me rendit la vie ; au bout de peu de jours je repris ma ſanté & ma joye : la crainte d'être ſéparée de l'objet de ma tendre amitié, me rendoit attentive à ne point le diſſiper dans ſes Exercices. J'étois préſente à ſes leçons, & inſenſiblement je pris tant de goût à tout ce qu'on lui montroit, que je voulus partager ſes Etudes. J'y fis en moins de rien des progrès ſi conſidérables, & je cauſai parlà une telle émulation à mon Frere, qu'il devint en peu de temps preſqu'auſſi habile que ſes Maîtres : nous étions l'un & l'autre l'admiration de toute la Cour.

Mon Pere, charmé des diſpoſitions que nous faiſions paroître, en uſoit auſſi avec nous bien différemment de l'uſage, qui rend un Roi rare juſqu'à ſes propres enfans : il paſſoit avec nous une partie du tems qu'il pouvoit dérober à ſes grands travaux, il s'en faiſoit une diſſipation agréable, & nous y répondions mon Frere & moi avec un tendre & reſpectueux retour.

Je ne me contentai pas d'aprendre les Sciences qui forment l'Esprit, j'accoutumai mon corps à tous les exercices, & malgré la molesse, qui semble attachée à notre sexe, je sçavois la réparer par une adresse admirable : de tems en tems l'on faisoit des petits Tournois, & j'en sortois toujours avec honneur.

J'avois atteint à peine l'âge de quatorze ans, que j'eus à pleurer la mort d'un Pere respectable, & qui sera regretté à jamais. La Couronne ne consola point mon Frere d'une perte si précieuse, & les marques de désespoir qu'il donna dans cette occasion, ne furent point suspectes de politique & d'ostentation : vous faisiez alors, ô brave *Dom Pédre*, la guerre aux Mores, & votre valeur étoit déjà connue & montée à un point éminent.

Le Roi mon Frere, à qui son Prédécesseur avoit vanté cent fois votre mérite, jetta les yeux sur vous pour commander une Armée qu'il vouloit oposer aux Gaulois, lesquels menaçoient nos frontiéres d'une irruption. Nous aprimes, quelques jours avant que vous arrivassiez à la Cour, l'adieu terrible que vous aviez fait aux Mores, en leur livrant une Bataille dont la perte pour eux étoit ſi conſidérable, qu'ils étoient hors d'état de nous inquiéter de long-tems.

La Relation qui en fut aportée au Roi, le ſurprit & l'enchanta à un point qu'il ne ceſſoit de la louer & d'en parler à tous ceux qui l'aprochoient. Hélas ! ces actions ne me furent que trop vantées : je ne me ſentis d'abord prévenue en votre faveur, que par le déſir impatient de voir l'auteur de toutes les merveilles qu'on publioit : vous arrivâtes ; l'Amour n'attendoit que votre préſence ; en me rendant des reſpects comme à la Sœur de votre Maître, il décocha le trait fatal : à peine fûtes-vous éloigné que je m'en aperçus ; que ne fis-je point pour l'arracher de mon cœur ! Combien de pleurs ne verſai-je point à cette connoiſſance fatale ! Mais inutiles efforts, vains regrets ; vous demeurâtes triomphant ; le trait demeura conſtamment attaché.

Vous fûtes commander l'Armée ; chaque jour fut l'époque d'une nouvelle Victoire : mon cœur, en partageant vos périls, partageoit vos honneurs ; au lieu de travailler à éteindre un fatal penchant, je m'en aplaudiſſois ; il me ſembloit que la grandeur de vos actions dût ſervir d'excuſe à celle de ma foibleſſe ; ma raiſon elle-même en étoit faſcinée ; tant il eſt vrai que le mérite l'emporte ſur tous les autres égards, & que l'Amour, fondé ſur la Vertu, force tous les obſtacles qu'on lui peut opoſer.

Voilà, ô *Dom Pédre*, continua la Princeſſe *Emilie*, quels ont été les commencemens de l'inclination que j'oſe avouer. Votre réputation d'indifférence pour les Femmes, le mépris dont vous ſembliez vous glorifier pour tout ce qui s'apelle tendres ſentimens, m'a fait vivre juſqu'ici ſans eſpoir. Combien de fois ne vous ai-je pas donné lieu de vous apercevoir de mes préventions pour vous? Si votre mémoire vous eſt fidéle, rapellez-vous ce jour où, ſous prétexte de vouloir aprendre de vous les mœurs des Peuples dont vous veniez de triompher, je vous attirai dans mon Cabinet. Combien de fois mes yeux ne vous aprirent-ils pas ce qui ſe paſſoit dans le fond de mon cœur? Hélas! vous ne voulûtes pas les entendre, au contraire vous les évitiez, & je reconnus avec douleur que vous aſpiriez au moment de vous éloigner de moi. Cette connoiſſance me cauſa tant de chagrin & me jetta dans une ſi grande mélancolie, que pour la cacher à la Cour, j'obtins du Roi la permiſſion de me retirer à la campagne. Mais mon éloignement ne ſervit qu'à me faire mieux ſentir qu'il n'étoit point d'azîle où je puſſe me défendre des inquiétudes de l'Amour.

Enfin j'apris le juſte choix que le Roi venoit de faire de vous, en vous élevant à une dignité où il ne place ordinairement que ceux en qui il a le plus de confiance : je lui ſçus bon gré intérieurement de la juſtice qu'il rendoit à votre mérite, mais je réſolus de profiter de cet événement pour arriver à votre cœur. *Dom Pédre*, me diſois-je, ne hait les Femmes que parce qu'elles ſont foibles ; ſi je pouvois parvenir à le vaincre dans le Tournois qui ſera ouvert à l'occaſion de ſon inſtallation dans ſon Gouvernement, ne l'obligerois-je point à revenir de ſon antipathie pour l'Amour : je me berçai de cette chimére, elle prit crédit dans mon eſprit : Je me flatai ſur les prémices de mon éducation, & ſur le ſoin que j'avois eu de la cultiver. Je fis confidence de mes deſſeins ſecrets au mari d'une de mes Femmes ; il fut effrayé de ma réſolution & fit ſes efforts pour m'en diſſuader ; mais l'ayant menacé que j'honorerois de ma confiance quelqu'un plus complaiſant que lui, il ſe prêta à ce que je voulus, & me ſervit comme je le déſirois.

Un mois avant le Tournois, je m'exerçai tous les jours à manier le Cheval, la Lance & l'Epée : mon pressant désir me flata au point, que je fus assez folle de me figurer que je triompherois d'un Homme qui a cent fois triomphé de la plus haute valeur : l'événement m'a ouvert les yeux. Je n'ai rien de plus à vous dire, c'est à vous, ô *Dom Pédre*, à m'aprendre le reste, & si vous avez assez d'ambition & de fermeté pour vous honorer d'un titre après lequel les plus grands Princes ne dédaignent pas d'aspirer.

A peine la Princesse eut-elle cessé de parler, que le Viceroi, devenu par ce recit le plus amoureux des hommes, se jetta aux pieds de la Princesse, & expia par les discours les plus tendres son indifférence passée.

L'on s'imaginera aisément la satisfaction de la Princesse, lorsqu'elle fut convaincue qu'elle lui avoit enfin inspiré de l'amour. Le sien étoit trop vif pour consulter ce qu'elle devoit à son devoir & à son rang suprême. Le Viceroi lui-même, que la Sagesse & la Politique avoient gouverné jusqu'alors, au lieu de réprimer des mouvemens trop emportés & de les modérer, se laissa lui-même aveugler par le bonheur d'avoir plû à la Sœur de son Roi. L'amour & l'ambition lui dérobérent la connoiſſance du précipice qu'il ſe creuſoit ; il adopta ſans aucune réflexion tous les moyens que l'impatiente Princeſſe conçut pour ſerrer des nœuds ſi doux ; le ſecret fut enviſagé comme le ſeul convenable dans l'occaſion préſente. Deux ſeuls témoins dont on connoiſſoit le zéle furent initiés à cet Hymen extraordinaire, & lorſqu'il fut conſommé, la Princeſſe s'en retourna dans un Palais ſitué ſur la frontiere, où elle habitoit depuis les commencemens de la paſſion qu'elle avoit reſſenti pour *Dom Pédre ;* azile qu'elle avoit choiſi dans l'eſpérance que tôt ou tard ſon Amant fléchiroit à ſes déſirs.

Quant à *Dom Pédre*, il retourna à Barcelone pour vâquer aux devoirs de ſon Miniſtere ; mais avant leur ſéparation, ces Epoux convinrent de la maniere dont ils devoient ſe voir, juſqu'à ce qu'ils euſſent amené les choſes au point que leur mariage fut déclaré ; ces meſures étoient prudentes, & il ne paroiſſoit pas poſſible que le ſecret fut jamais éventé.

CHAPITRE II.

A Peine trois mois étoient-ils paſſés, que la Princeſſe Emilie ſe trouva groſſe. Juſqu'à ce tems, elle n'avoit fait encore aucune réflexion qui eut troublé la douceur de ſon Hymen : le ſeul éloignement de *Dom Pédre* faiſoit tous ſes chagrins ; mais les aſſurances continuelles qu'elle recevoit de cet Epoux chéri, & l'eſpérance qu'elle avoit d'être bientôt réunie à lui, diſſipoit aiſément ces nuages ; il n'en fut pas de même à la connoiſſance de ſon état : comment le cacher à un nombre de Femmes qui l'environnoient & qui lui ſervoient d'autant d'argus ? L'une d'elles, honorée depuis long-tems de ſa confiance, avoit beau la raſſurer ſur les frayeurs que lui donnoit l'éclat, rien ne pouvoit la tranquiliſer, chaque jour étoit pour elle un nouveau ſuplice : ce fut auſſi vainement que le Mari de cette Femme l'aſſura qu'il trouveroit les moyens de la mettre à couvert de la honte qu'elle enviſageoit, rien ne lui paroiſſoit de certain que ſon infamie ; elle paſſoit les jours & les nuits à pleurer ; il ſembloit qu'elle présageoit le sort qui lui étoit destiné.

Une situation si triste & si constante la fit enfin tomber malade : le Viceroi, qui en fut averti vingt-quatre heures après, crut devoir à quelque prix que ce fut se rendre près d'elle, avec l'espoir que sa présence dissiperoit une mélancolie qui pourroit avoir les suites les plus dangereuses : il ne fit part de son dessein qu'à ceux qui l'aprochoient de plus près ; & afin que l'on ne s'aperçût point à la Cour de son absence, la veille de son départ il donna un grand souper, & fit confidence aux principaux de la Ville qu'il alloit se renfermer pendant une quinzaine de jours dans l'intérieur de son Palais, & qu'il ne seroit visible qu'à ses seuls Domestiques, ayant, disoit-il, un projet d'une si grande conséquence à digérer, que la moindre dissipation pouvoit détruire un travail de plusieurs années, & qu'il étoit à la veille de résoudre. Pour mieux insinuer ce qu'il vouloit qu'on crût, il donna ses ordres à celui qui commandoit après lui, en lui signifiant que, quelque chose qui arrivât, il ne prétendoit point être distrait, ajoutant seulement, qu'en cas d'affaires absolument importantes & qui ne souffrissent point de délai, il permettoit qu'on l'en avertît par écrit, & qu'en remettant les Lettres à ſon Capitaine des Gardes, qui les lui feroit tenir ſur le champ, il enverroit les ordres néceſſaires, ou paroîtroit lui-même s'il en étoit abſolument beſoin.

Ces meſures priſes, le Viceroi partit la nuit ſuivante, après avoir averti ſon Capitaine des Gardes du lieu où il pourroit le trouver, en cas qu'il ſurvînt quelque affaire dont il faudroit lui rendre compte. Il vola vers la Princeſſe ſon Epouſe; il la trouva ſi languiſſante, qu'il crut devoir reſter près d'elle quelque tems, afin de déraciner entiérement la profonde triſteſſe qui lui rongeoit le cœur; ſa préſence parut la remettre & lui rendre peu à peu la ſanté; tant qu'il ſéjourna près de cette Epouſe chérie, elle ſe conſerva autant bien qu'on pouvoit l'eſpérer; mais à peine fut-il reparti, qu'elle retomba dans l'état précédent.

Le Viceroi, au déſeſpoir de cette rechûte, ne ſçavoit de quel prétexte ſe ſervir pour faire un ſecond Voyage; le premier expédient lui avoit réuſſi, mais le ſecond l'embarraſſoit. Il ſe trouve dans les Cours un nombre de Gens oiſifs qui examinent & qui remarquent tout: il avoit lieu de craindre, ou qu'on ne l'obſervât de près, ou qu'on ne rendît peut-être compte à Madrid de ſes diſparitions extraordinaires & des prétextes qui les couvroient. Il connoiſſoit trop le Roi pour hazarder de lui donner de la défiance. Ce Prince étoit bon, il récompenſoit le mérite, & avoit pardeſſus tout cela une qualité très-eſtimable & véritablement Royale, c'eſt qu'il ne ſe laiſſoit jamais prévenir contre perſonne. Les raiſons d'Etat lui faiſoient recevoir tous les avis qu'on lui donnoit; ſon oreille étoit toujours prête à écouter: mais ſon cœur ne donnoit jamais entrée aux traits de l'envie. Il ſçavoit diſcerner les cauſes qui agiſſoient, & il ſe conduiſoit par ſes propres lumieres: quand il recevoit des avis que ſon jugement trouvoit difficiles à réſoudre, alors il ſe ſervoit d'un moyen qui ſembloit à la vérité peu convenable à la Majeſté d'un Roi, mais qui étoit infaillible: il vouloit voir par ſes yeux; alors il croyoit & faiſoit grace ou puniſſoit. Malheur à celui qui ſe trouvoit dans ce dernier cas, il n'y avoit ni égards ni protections qui puſſent le faire changer, ſon arrêt étoit ſans apel, & depuis ſon régne il n'en avoit jamais uſé autrement.

Ce que *Dom Pédre* avoit prévu arriva; à peine fut-il parti que *Guſman d'Alnikaras*,

nikaras, Gouverneur d'une Province voiſine, qui de tout tems lui portoit envie, & qui avoit toujours cherché les occaſions de lui nuire, averti (par un Emiſſaire ſecret qu'il tenoit à gage près de ce grand homme, afin d'examiner ſes démarches,) qu'il diſparoit de tems en tems de ſon Gouvernement, ſans qu'on pût pénétrer les cauſes ſecretes de cette conduite extraordinaire, imagina qu'elle pouvoit être ſuſpecte à la Cour, & qu'il étoit de ſa politique & de ſa haine de l'en informer. Dans ce deſſein il envoya un courier au Roi, & lui écrivit les bruits qu'on publioit à cette occaſion : ſa jalouſie eut ſoin de les groſſir, & il ſe promit bien que ſi les menées de ſon rival n'émanoient pas des ordres ſupérieurs, comme Dom Pédre l'avoit inſinué dans les prétextes de ſes diſparitions, il n'en falloit pas davantage pour faire diſgracier ſon rival, ou du moins pour diminuer de beaucoup une faveur qu'il avoit toujours regardée comme un malheur qui troubloit le repos de ſa vie, & qui nuiſoit à ſon propre avancement.

Si le plaiſir de nuire eſt voluptueux, *Guſman* eut lieu de s'aplaudir de ſes avis envenimés, par les ſuites cruelles qu'ils occaſionnérent.

Le Roi n'eut pas plutôt ouvert le paquet qui lui avoit été envoyé, qu'il résolut à son ordinaire d'en faire usage, sans aprofondir quelles étoient les raisons qui engageoient le rival de *Dom Pédre* à chercher à le noircir dans son esprit. Pour cet effèt, il feignit une retraite à une Maison Religieuse, où sous les aparences de piété il se rendoit souvent, & où il paroissoit se renfermer avec un petit nombre des siens pour vâquer à la retraite. Ses ordres étoient si bien exécutés qu'il étoit quelquefois trois mois absent sans qu'on l'en soupçonnât : c'étoit alors qu'il vérifioit par sa propre connoissance les avis qu'il trouvoit assez importans pour mériter qu'il se donnât lui-même la peine de les aprofondir.

Malheureusement pour *Dom Pédre* celui qui le regardoit sembla de cette nature au Roi ; plus ce Sujet lui étoit cher, & plus l'accusation lui paroissoit délicate & grave. Il partit *incognito* pour Barcelone, avec le dessein secret que si *Gusman* lui en avoit imposé, il le puniroit rigoureusement de l'intention formelle d'avoir voulu noircir un Courtisan tel que l'accusé. Le Roi étoit déguisé en Courier & parut ainsi aux portes du Palais du Viceroi, en s'annonçant pour avoir des ordres de la derniére conſéquence à lui communiquer.

Les Officiers de confiance que Dom Pédre avoit laiſſés à la garde de ſon Palais, & qui devoient répondre à ceux qui pouvoient le demander en ſon abſence, étoient ſon Sécretaire & ſon Capitaine des Gardes. Le premier qui reçut le Courier lui dit que ſon Maître ne voyoit perſonne, & qu'il travailloit à des afaires d'une ſi grande importance, qu'il avoit défendu, ſous quelque prétexte que ce fût, qu'on entrât dans ſon Cabinet, mais qu'il pouvoit délivrer ſon paquet & qu'on lui en aporteroit la réponſe.

Voilà quel étoit le biais dont on étoit convenu ; mais comme ſon Maître, ni lui, n'avoient pas prévu qu'il dût venir des ordres précis de la part du Roi, & que celui qui les porteroit voudroit les remettre en main propre, le Sécretaire ſe trouva dans un embarras extrême ; & ne ſçachant comment s'en tirer, il dit au Courier, pour gagner ſans doute le tems de la réflexion ; qu'il alloit avertir ſon Maître & qu'il viendroit enſuite lui raporter la réponſe.

Le Roi étoit trop clair-voyant pour ne pas démêler combien ſa venue troubloit l'Officier de *Dom Pédre* : plus il vit de difficultés à lui parler, & plus il fut curieux de le voir & d'aprofondir ce mystére. Son premier mouvement fut de suivre celui qui venoit de lui répondre ; mais dans la crainte de compromettre le secret de son déguisement & de se faire repousser par les Gardes, il attendit le retour du Sécretaire. *Menquès*, s'écria-t-il à son premier Ministre, qui l'accompagnoit ordinairement dans de pareilles occasions, j'envisage bien des choses, je crains que *Dom Pédre* n'ait des raisons importantes pour se faire celer, & que sa fidélité ne soit pas aussi pure qu'elle le devroit être : j'ai vu dans l'homme qui vient de me parler un trouble qui m'est suspect, & au coup d'œil je gagerois que le Viceroi est absent. Il est heureux pour *Dom Pédre*, reprit le Confident, qui étoit un homme droit, que Votre Majesté ne ressemble point aux Princes qui se laissent prévenir, & qu'elle ne condamne jamais un Sujet fidele sans l'entendre, autrement je tremble pour le Viceroi. Mais je me rassure sur la grande maxime qu'elle a déjà mis si heureusement en usage, & j'espére que des preuves convainquantes d'innocence, dissiperont des nuages que des accusations, formées peut-être par l'envie, ont élevées sur la tête de Dom

Pédre. Le Roi aſſura *Menquès* que, malgré ſes ſoupçons, il ne leur donneroit aucun crédit dans ſon eſprit, juſqu'à ce qu'il les eut parfaitement avérés: Le Monarque & ſon Confident s'entretinrent de ſemblables choſes pendant le tems qu'on les faiſoit attendre ; il fut long. Le Sécretaire ſe conſultoit avec le Capitaine des Gardes qu'il étoit allé joindre : il n'avoit promis au Courier de lui aporter les ordres du Viceroi, comme nous avons déjà dit, que pour délibérer de la maniére dont il devoit ſe conduire dans une occaſion ſi délicate.

Après bien des projets, il fut arrêté qu'*Alvarez*, c'étoit le nom du Capitaine des Gardes, ſe mettroit dans le lit de *Dom Pédre*, & repréſenteroit ſa perſonne. Pour ôter tout ſoupçon, l'on devoit fermer ſi bien tous les jours qu'il ſeroit impoſſible de diſtinguer aucun des traits de celui qui devoit jouer ce rôle. De cette maniére, diſoit l'auteur de l'expédient, le ſecret ne ſera point éventé, le Courier n'a peut-être jamais vu notre Maître ; & quand cela ſeroit, il eſt aſſuré qu'il ne ſera pas dans le cas de faire aucune diſtinction : pour ce qui eſt du faux qui va ſe trouver dans l'expoſé qu'on a déjà fait, on le corrigera en diſant que le Viceroi n'a point voulu qu'on sçût l'extrêmité où il se trouve, dans la crainte de causer quelque révolution dans une Province aussi remuante que la nôtre, & que si on en a fait un mystére d'abord, c'est qu'on n'imaginoit pas que le Courier eût des ordres si précis.

Le Capitaine des Gardes trouva l'expédient admirable, & les ordres ayant été donnés en conséquence à la chambre, *Alvarez* prit la place de son Maître, & le représenta dans son lit.

A peine toutes ces choses furent-elles dans l'ordre prémédité, que le Sécretaire revint trouver le Roi qui commençoit à s'impatienter de ce qu'on le faisoit attendre si long-tems. Il ne fut pas peu surpris d'aprendre la maladie qu'on suposoit au Viceroi, & il se laissa conduire dans son apartement avec une certaine défiance qui lui donnoit à penser qu'on le trompoit. Le Sécretaire, qui, selon ce qui a été dit, vouloit donner un air de vraisemblance à la feinte, dit au Courier prétendu, que sans les ordres qu'il lui avoit fait voir, on se seroit bien donné de garde de lui aprendre la vérité de la situation du Gouverneur, en ajoutant comme par maniére d'avis, qu'il falloit s'observer dans une occasion aussi délicate, &

ne laisser échaper aucun discours qui pût laisser entrevoir ce qui se passoit. Ne soyez pas surpris au reste, continua le Sécretaire, si je m'étends si au long sur cet article, c'est que je me défie de la foiblesse de notre Maître. Cependant comme je sçais ses intentions à ce sujet, je cherche à tout prévoir sur un article aussi important.

Le Roi promit ou, pour mieux dire, feignit d'entrer dans tout ce qui lui fut dit: cependant quelque bien colorée que fut la supôsition, il ne changea point de sentiment & jugea bien qu'il se passoit des choses extraordinaires. Il entra dans la chambre du Viceroi, avec le dessein de n'en pas sortir sans être parfaitement éclairci des soupçons qu'il avoit conçus: il falloit se gouverner avec adresse pour ne se pas compromettre & pour n'être pas reconnu: la chose n'étoit pas aisée, & il avoit besoin de toute la politique dont il se piquoit pour y parvenir.

CHAPITRE III.

CEpendant le Capitaine des Gardes joua si bien son rôle, & contrefit si parfaitement un homme accablé de son mal, que le Roi en auroit été infailliblement la dupe, si sa voix ne l'eut point trahi. Mais quelque bas qu'il s'énonçât, ce Prince reconnut la supposition. Il remit son paquet afin de ne donner aucun soupçon : l'ordre qui y étoit renfermé portoit que Dom Pédre se rendît à la Cour sur le champ. L'Officier feignit de n'avoir pas la force de l'ouvrir ni d'y répondre : le faux Courier entra dans tout ce qu'on voulut, & demanda seulement une lettre qui contînt les raisons pour lesquelles il ne raportoit point de réponse, afin que le Roi, disoit-il, ne se plaignît point de son exactitude. La demande étoit si fort à sa place & convenoit si bien aux embarras présents, qu'elle fut sur le champ accordée. Le Sécretaire feignit de parler à l'oreille de son Maître, prit le paquet & passa dans un Cabinet voisin, en disant au Courier qu'il alloit revenir dans le moment & lui raporter ſes dépêches.

Le Roi en l'attendant fit réflexion aux excuſes d'un pareil manége ; il ne douta point de la vérité de l'accuſation de *Guſman d'Alnikaras* : il conçut dans le moment les moyens d'éclaircir entiérement un myſtére qui lui paroiſſoit ſi important : à peine le Sécretaire l'eut-il renvoyé, qu'il rejoignit *Menquès* & lui fit part du déſir qu'il avoit de ſurprendre *Dom Pédre.* Il eſt abſent ſans doute, lui dit-il ; il a donné des ordres comme tu vois, mais comme il n'en prévoyoit pas de ſi précis, l'on ne manquera pas de lui envoyer le paquet que j'ai aporté, & de l'avertir des ordres que j'ai ſuppoſé que j'avois de lui rendre en main propre ; il ne s'agit, pour ne point manquer l'occaſion que j'imagine, que de ſe tenir prêt à partir & de ſuivre adroitement le premier Courier qu'on va ſûrement dépêcher à *Dom Pédre.* La nuit s'avance, & ſelon les apparences nous n'aurons pas à attendre long-tems.

Menquès fut de l'avis du Roi ; il ſe chargea de faire tenir des chevaux prêts, & pendant ce tems le Prince fit lui-même le guet : ſous prétexte de ſe rafraîchir, comme c'eſt aſſez la coutume d'un Courier, il se rendit dans une petite Hôtellerie qui faisoit face au Château, & où il n'y pouvoit entrer ni sortir personne qu'il ne l'entrevît aisément.

Ce que cet habile Prince avoit prévu arriva : à peine en fut-il sorti, que le Sécretaire & le Capitaine des Gardes convinrent d'avertir le Viceroi de la Scene qu'ils venoient de jouer, afin qu'il prît ses mesures là-dessus : le Capitaine des Gardes se chargea lui-même de l'en instruire ; il envoya des ordres à la poste pour qu'on lui amenât des chevaux, & pendant ce tems, il se disposa à partir.

Menquès, qui en donnoit de pareils alors, se trouva présent à ces ordres venus du Gouvernement, & il ne douta pas qu'ils ne regardassent l'affaire que le Roi avoit soupçonnée. Dans cet esprit, il fut trouver le Prince & l'avertit de ce qu'il venoit d'entendre ; il fut décidé qu'on se tiendroit à la poste, & qu'on suivroit le premier Courier qui en partiroit.

Pour abréger un détail un peu long, mais important au fait qui va suivre, le Capitaine des Gardes fut suivi si adroitement, qu'il ne s'en apperçut point.

Le Roi, qui craignoit qu'il n'en fut reconnu, ne marchoit après lui que d'une diſtance fort éloignée, & n'étoit guidé que par le bruit que faiſoient les chevaux d'Alvarez.

Il arriva de cette maniére, au point du jour, à un village où le Capitaine des Gardes deſcendit : là Alvarez quitta ſes chevaux, ſortit ſeul à pied & entra dans un Château diſtant d'une portée de fuſil par une porte ſecrete qu'il ouvrit : le Roi qui l'avoit fait ſuivre ſubtilement par *Menquès*, jugea que c'étoit-là le lieu où *Dom Pédre* ſe cachoit avec tant de précaution. Il ne s'agit plus que de ſçavoir à préſent en quel endroit nous ſommes & à qui appartient ce Château, s'écria-t'il ; mais après s'en être informé ; quelle fut ſa ſurpriſe extrême en apprenant qu'il appartenoit à *Emilie* & que c'étoit-là le lieu de ſa retraite. En partant de la Cour, cette Princeſſe en avoit ſuppoſé un autre, le Roi la croyoit dans l'Arragon ; c'étoit de cette Province dont il recevoit ſes lettres : il la retrouvoit dans les Climats de Barcelone. Pourquoi donc tant de ſoins à ſe cacher d'un Frere qui l'avoit toujours ſi tendrement aimée ; en falloit-il davantage pour donner lieu aux plus cruels ſoupçons ?

Le Roi étoit trop vif & trop pénétrant pour ne pas démêler une partie de ce qui ſe paſſoit : qu'entrevois-je, s'écria-t'il, en frapant du pied la terre? *Emilie* ſeroit-elle aſſez ennemie d'elle-même pour me donner lieu de me plaindre de ſa conduite ? Te ſouvient-il, *Menquès*, de la répugnance que j'eus à lui permettre de ſe retirer de la Cour ? Rapelles-toi cette tendre union qui avoit toujours ſubſiſté entre nous, & cette amitié vive de ſa part qui la mettoit à la mort dès qu'elle étoit abſente de moi quelques-jours ? Après ces réflexions, ne conviendras-tu pas que je devois ſoupçonner, par l'empreſſement de ma Sœur à s'éloigner de moi, qu'elle en avoit des raiſons importantes & qu'il me convenoit de les aprofondir. Aujourd'hui je la retrouve à deux cens lieues de l'endroit où je la croyois, & en faveur de qui, juſte Ciel ! d'un traître, qui a oſé ſans doute & l'aimer & lui plaire. Ah ! *Menquès*, que je ſuis malheureux, ajouta le Prince ; je me vois dans la cruelle néceſſité de me ſouvenir que je ſuis un grand Roi, & que comme tel il me convient de venger ma gloire & ma réputation ternies ſans doute par les affronts les plus ignominieux !

Quelqu'envie qu'eût *Menquès* de ſervir la Princeſſe & Dom Pédre, il n'oſa pas dans ce moment l'entreprendre ; les aparences étoient trop décisives , & il connoissoit trop bien le Roi pour tenter ce généreux dessein. Autant le Prince étoit-il franc & bon envers ceux qu'il croyoit dignes de sa faveur , autant étoit-il défiant & soupçonneux , lorsqu'il se croyoit fondé dans sa façon de penser ; il n'y avoit que des preuves autentiques qui pussent le faire revenir , comme il a été déjà dit ; il ne s'en raportoit qu'à lui-même dans ces sortes d'occasions : l'envie & les noires pratiques ne servoient de rien à sa Cour ; il suffisoit d'être droit & de faire son devoir pour être à l'abri de l'envie & des mauvais desseins.

Après plus d'une heure d'une méditation profonde , le Roi dit à son premier Ministre de l'écouter attentivement : je viens , s'écria-t'il , de trouver un moyen infaillible pour être instruit de tout ce qu'il faut que je sçache. Le premier Ecuyer de ma Sœur m'est connu , il a servi longtems dans mes troupes , & il sçait trop ce qu'il doit à son Maître pour lui en imposer : tu le connois , va , Menquès , le trouver de ma part , dis-lui que je suis ici , que je veux lui parler & qu'il te suive sur le champ. Il ne faut lui laisser ni le tems de se consulter , ni de faire part de mon arrivée à ma Sœur : celle d'*Alvarez* a dû ſans doute apporter bien du trouble ; peut-être même *Dom Pédre* eſt-il à la veille de m'échaper ; il n'y a point de tems à perdre. Je ſerois au déſeſpoir d'être obligé de me venger publiquement ; il me convient de punir les coupables ſans que ma gloire en ſouffre, & je ne le puis qu'en les ſurprenant, afin d'en uſer alors comme il me convient avec un traître, dont tout le ſang ne ſuffiroit pas encore pour me venger de l'affront qu'il fait à celui de ſes Rois.

Menquès trembla de ces terribles paroles ; il connoiſſoit ſon maître, & il ne doutoit pas des malheurs qui étoient à la veille d'arriver : mais il obéit. Il ſe rendit au Château, ſe fit annoncer à *Domingo*, c'étoit le nom du premier Ecuyer d'*Emilie*, comme un Compatriote qui lui apportoit des nouvelles de ſa Famille, afin de ne donner aucun ſoupçon & de pouvoir lui parler plus aiſément. Qu'on juge de la ſurpriſe extrême de *Domingo* en reconnoiſſant le premier Miniſtre : il en treſſaillit juſqu'au fond du cœur ; mais que ne devint-il pas après que *Menquès* lui eut expoſé ſes ordres : s'il s'en fut cru, il eut pris la fuite ſur le champ ; il avoit bien des choſes à ſe reprocher, & il ne doutoit pas que, le Roi irrité du mystere qu'il lui avoit fait de tout ce qui s'étoit passé, ne s'en ressentît en lui faisant perdre la vie. Le premier Ministre, qui démêla son trouble & ses craintes, le rassura en lui faisant espérer que sa soumission & sa sincérité lui mériteroient sa grace, & en lui promettant qu'il feroit ses efforts pour la lui faire accorder.

Malgré ces assurances, *Domingo* suivit *Menquès* en tremblant, & il sortit du Château sans avoir parlé à personne. Le Roi, dès qu'il le vit, lui demanda avant tout ce que faisoit *Dom Pédre* & si l'arrivée d'*Alvarès* ne lui faisoit point méditer son départ? *Domingo*, qui avoit lieu de s'attendre aux reproches les plus vifs, se trouvant rassuré par la tranquillité que marquoit le Roi, lui répondit que Dom Pédre avoit réglé qu'il partiroit la nuit suivante pour se rendre à la Cour, où il étoit mandé, & qu'il paroissoit d'une inquiétude extrême d'un ordre si précis & auquel il s'étoit si peu attendu.

Après que le Prince se fut tranquillisé de ce côté, il regarda fixement le premier Ecuyer de sa Sœur : vous ne m'avez point averti, Domingo, lui dit-il, de tout ce qui se passe chez la Princesse *Emilie*. Je sçais de bon lieu bien des choſes, je vous ai mandé pour m'en faire le détail : de votre ſincérité dépend votre grace ou votre punition, c'eſt à vous à choiſir & à prendre garde ſur-tout de m'en impoſer.

Domingo ſe crut perdu à ces mots prononcés avec aigreur ; il ſe jetta aux pieds du Prince, s'avoua coupable & convint que, malgré ſon attachement pour la Princeſſe, il auroit dû s'opoſer à ſa paſſion pour *Dom Pédre*, & en cas que ſes remontrances reſpectueuſes euſſent été inutiles, en faire part à ſon Souverain : après cet aveu il entra dans le détail du commencement de l'amour d'Emilie pour le Viceroi : révéla le ſecret du Combat dont on a parlé, raporta le Mariage ſecret qui s'étoit enſuivi, & termina ſon récit par l'état languiſſant où la Sœur du Roi étoit plongé, & par l'obligation où étoit Dom Pédre de la voir mourir de langueur.

Le Roi fut tranſporté de la plus vive colére en apprenant ces choſes ; il n'y a qu'un ſeul moyen pour te ſauver de mon indignation, dit-il à *Domingo*, en le regardant avec fureur, c'eſt de m'introduire dans l'apartement de ma Sœur la nuit prochaine, & de faire enſorte que je ſurprenne le perfide qui me déshonore si cruellement : à ce prix je te donne la vie & je te permettrai de te retirer dans d'autres climats.

Domingo, qui comprit une partie des raisons qui obligeoient le Roi à exiger de lui ce qu'il demandoit, frémit de devenir l'instrument de sa vengeance, & garda un silence profond. Le Roi qui pénétra ses craintes le rassura : fais ce que je te dis, continua-t'il, & ne cherche point à démêler mes intentions secretes ; qu'il te suffise de sçavoir que je ne tremperai point mes mains dans le sang de ta Princesse ; tout le reste doit t'être indifférent.

Cette considération détermina le malheureux & trop craintif Domingo ; il promit au Roi qu'il l'introduiroit secrétement dans l'apartement de la Princesse, & qu'il se conduiroit avec tant de fidélité dans cette occasion délicate, que le Roi seroit servi avec tout le secret qu'il recommandoit. Le Prince parut satisfait de cette assurance, & le renvoya en lui promettant une seconde fois qu'à ce prix il oublieroit sa faute, & qu'il lui donneroit les moyens de ne pas regretter la place dont il alloit être privé.

Pendant que ces choses se passoient à l'Hôtellerie, *Dom Pédre* raisonnoit avec

Alvarez ſur la conduite qu'il devoit tenir dans l'occaſion fatale où il ſe trouvoit ; il ne doutoit pas que l'ordre qu'il recevoit de ſe rendre ſur le champ à la Cour, ne fût motivé par des cauſes qui intéreſſoient ſon Amour. Je ſuis trahi, *Alvarez*, s'écria-t'il, & je ne puis ſoupçonner d'où le coup part ; je ne doute pas que je n'aille porter ma tête au Roi ; de l'humeur même dont je le connois, je n'en attends aucune grace. S'il eſt vrai que l'ordre qu'il me donne de paroître à ſes yeux ait raport à mon Mariage avec la Princeſſe, croirois-tu même que je ne rougirois pas de mon crime, & que je ſerois bien fâché de ne l'avoir point commis. Je mourrai ; je m'attends à périr, mais j'emporterai du moins au tombeau la conſolation & l'honneur ſuprême de m'être allié au Sang de mes Rois.

Alvarez qui étoit moins généreux, ou qui faiſoit plus de cas de la vie que le Viceroi, ne goûtoit pas tout-à-fait ce ſentiment ; il étoit de l'opinion au contraire qu'elle étoit trop précieuſe pour la prodiguer auſſi frivolement : il fut d'avis qu'il valoit beaucoup mieux laiſſer paſſer la premiére colére du Roi, ſupoſé qu'il fut trop inſtruit de ce qui ſe paſſoit, & ſe juſtifier de loin, que d'aller au-devant des malheurs qu'il prévoyoit. Il apuya ce ſentiment d'une forte conſidération ; il alléguoit que la Princeſſe, dans l'état où elle étoit, ſuccomberoit au déſeſpoir de ſa perte, & qu'en prenant le parti de fuir avec elle, il la mettroit à couvert, auſſi-bien que le fruit qu'elle portoit dans ſon ſein, de tous les malheurs qu'un Héroïſme déplacé alloit occaſionner. Il apuya ces fortes raiſons de pluſieurs motifs plus preſſants les uns que les autres, & ſon intérêt perſonnel, qui lui faiſoit craindre avec juſtice d'être compromis dans les occurences, fit valoir ſi fortement ſon ſentiment, que *Dom Pédre* en fut ébranlé. En un mot, il conſentit de prendre les meſures néceſſaires pour éviter les chagrins funeſtes dont il étoit menacé.

Dès qu'il eut pris ce parti, il en fit part à *Emilie*, après l'avoir prévenue avec tous les ménagemens poſſibles des juſtes craintes dont il étoit allarmé. Quoique la Princeſſe dût s'attendre de jour en jour à de ſemblables nouvelles, elle en penſa mourir de frayeur ; elle fut pendant plus d'une heure ſans pouvoir revenir de ſon trouble. Cependant après avoir fait des réflexions les plus cruelles les unes que les autres, & penſé que, dans une circonſtance auſſi fatale, il étoit moins question de pleurs que de fermeté, elle fut du même sentiment que *Dom Pédre*, & elle jugea que la fuite étoit le seul parti qu'elle devoit prendre : si quelque chose fut capable de la rassurer dans ces tristes momens, ce fut la consolation d'être suivie d'un Epoux qu'elle aimoit si tendrement, & pour lequel elle auroit sacrifié jusqu'à sa propre vie. Cent témoignages réciproques du plus parfait amour terminérent la scene la plus touchante, & il fut décidé après une mûre délibération, qu'en quelque endroit qu'*Alvarez* fut apellé, la France seroit l'azile où l'on se mettroit à l'abri de la colere du Roi, & où l'on attendroit une destinée plus favorable & plus heureuse.

Si la Princesse eut été en état de suivre *Dom Pédre* dès la nuit suivante, comme on en étoit convenu, ils eussent évité l'un & l'autre le malheur affreux qui les menaçoit ; l'allarme cruelle à laquelle elle s'attendoit si peu l'avoit tellement saisie, qu'elle se trouva accablée à la fin du jour au point qu'on n'osa l'exposer à partir.

Le Viceroi, qui n'avoit garde de soupçonner que le Roi fût si près de lui, détermina lui-même ce délai : il craignit qu'en voulant éviter un malheur peut-être imaginaire, il ne courût des risques plus réels. La Sœur du Roi étoit si languissante & si peu en état de soutenir une grande route, qu'il craignoit qu'elle ne succombât : il espéra qu'un jour suffiroit pour la tranquilliser, & pour l'accoutumer enfin à un projet aussi hardi, & qu'elle n'avoit osé résoudre qu'en frémissant & à la derniere extrêmité.

Cette décision fatale fut le principe de bien des malheurs : Le Roi, qui avoit attendu avec une impatience furieuse la fin du jour, profita des ténébres de la nuit pour se rendre aux environs du Château. *Domingo* vint le chercher comme il en étoit convenu, & il l'introduisit dans l'intérieur du Château par une porte du Parc, & le fit passer avec *Menquès* dans un apartement voisin d'*Emilie*, où il devoit venir le prendre, dès que *Dom Pédre* & *Emilie* seroient retirés dans le leur.

Le silence profond qu'observoit *le Roi d'Espagne* faisoit augurer à son premier Ministre combien ce Prince souffroit de sa situation. S'il m'étoit permis de parler, Seigneur, lui dit-il, j'oserois représenter une seconde fois à Votre Majesté les risques où elle s'expose en voulant satisfaire une juste vengeance : n'auroit-il pas été plus prudent qu'elle ne se compromît point elle-même, & de laisser ce soin à quelque Sujet ? *Dom Pédre* est brave, il est à présumer que *Domingo* a gardé le secret, & dans l'ignorance où il va se trouver, n'ai-je pas lieu de trembler pour des jours.... Sois tranquille, *Menquès*, interrompit le Prince ; j'ai mes desseins, tu les aprouveras dès que je t'en aurai fait part.

Le premier Ministre ne sçut qu'augurer de ce discours ; il se tut & attendit, avec une impatience mêlée d'effroi, à quoi aboutiroit une aventure si terrible. Eut-il jamais pu soupçonner ce qui en devoit arriver !

Domingo avoit placé le Roi si favorablement, que les illustres coupables ne pouvoient entrer dans leur apartement qu'ils ne fussent entrevus : ils ne tardérent pas à paroître. Le Roi frémit en distinguant sa Sœur ; elle avoit un de ses bras passé sur le col de *Dom Pédre*, & il étoit aisé à reconnoître, par la difficulté qu'elle avoit à marcher, qu'elle étoit dans un état bien triste & très-languissant. *Dom Pédre* la soutenoit avec un air de complaisance & d'amour qui le rendoient cent fois plus criminel aux yeux du Monarque irrité. *Menquès*, tu les vois ces perfides, lui dit ce Prince à l'oreille ; crois-tu que mon reſſentiment ſoit fondé ? ce n'eſt pas cependant encore aſſez pour me déterminer.

A peine le trop fidele *Domingo* eut-il connu que *Dom Pédre & Emilie* étoient endormis, qu'il vint trouver le Roi pour l'introduire dans leur apartement : voici l'inſtant fatal, Seigneur, s'écria-t'il en ſe jettant à ſes pieds ; oſerois-je tenter de fléchir un courroux légitime, en faveur d'une Princeſſe qui vous aima toujours avec tant de vénération : que Dom Pédre périſſe puiſqu'il le faut, mais que votre miſéricorde extrême... reléves-toi, interrompit le Prince avec un ſang-froid extraordinaire, tes prieres ne peuvent ſervir qu'à m'aigrir : fais-moi paſſer chez la Princeſſe, ouvres avec le plus de précaution qu'il ſe pourra les rideaux de ſon lit, afin qu'elle ne ſoit pas réveillée, que je voye ſeulement les coupables, & ne t'embarraſſe pas de ce qui en arrivera.

L'ordre étoit poſitif, le Roi ſçavoit les donner avec un ton qui ne ſouffroit point de replique : *Domingo* obéit, le Prince eſt introduit, on ouvre le rideau, & à la lumiere d'une bougie de veille, il reconnoît Dom Pédre & ſa Sœur endormis dans les bras l'un de l'autre. C'en eſt aſſez, dit-il, & il ſe retire. *Menquès* & *Domingo* ne ſçavent s'ils dorment ou s'ils veillent ; s'attendoient-ils, après tant d'allarmes ſecretes & qui paroiſſoient ſi bien fondées, à des ſuites ſi tranquilles ? Le Roi ſort du Château, ordonne à Domingo de garder un ſecret inviolable, remonte à cheval avec ſon Miniſtre, & marche le reſte de la nuit ſans proférer un ſeul mot.

A peine le jour parut-il, que *Menquès* inquiet d'un ſilence ſi profond, & qui déſignoit ſi bien le trouble le plus cruel, jetta les yeux ſur le Prince dans l'eſpérance de démêler ce qui ſe paſſoit dans ſon ame. Non-ſeulement il paroiſſoit plongé dans une profonde douleur, mais même il crut entrevoir des pleurs. Seroit-il poſſible, Seigneur, lui dit-il, en oſant enfin rompre le ſilence, que Votre Majeſté, qui vient de me donner une ſi grande preuve de l'empire qu'elle a ſur elle-même, ſe repentît d'une action héroïque qui eſt ſans exemple & qui n'en aura peut-être jamais ? Non, non, qui a ſçu ſe ſurmonter aſſez pour contraindre une juſte fureur, ſçaura étouffer.... Que tu me connois peu, interrompit le Roi, ſi tu te perſuade que cette tranquillité aparente ſoit

ſoit l'effet d'un héroïſme qui ne peut tomber ſous les ſens. Quoi ! *Menquès* croiroit que ſon Maître, que ſon Roi, pardonneroit des affronts les plus ignominieux : non, non, trembles pour les coupables ; je n'ai différé le ſuplice que pour le rendre plus effroyable : le crime eſt épouventable, la punition doit être terrible : voilà le motif de cette grandeur d'ame dont tu me loues : aprends à me connoître, *Menquès* ; je n'ai pas voulu punir les coupables ſans avérer leur crime : je pouvois être ſéduit par les aparences : on pouvoit me tromper & mes yeux ne me trompent jamais. J'aurois trop honoré les Criminels en les puniſſant d'une main reſpectable : D'ailleurs, qu'eſt-ce que la mort ? Un inſtant de douleur. Il faut qu'ils vivent les cruels qui m'ont déshonoré avec tant de cruauté, mais qu'ils vivent en mourant mille fois tous les jours : oui, *Menquès*, leur ſuplice eſt réſolu, tu me verras moi-même les conduire ſur le théâtre affreux, où je veux qu'ils périſſent par leurs propres coups : ce tendre amour qui fit leur forfait ſe changera en fureur ; ils languiront, ils périront peu-à-peu, & après s'être livrés au plus cruel déſeſpoir, ces Amans perfides ſeront dans l'horrible obligation de ſe dévorer l'un & l'autre & de maudire, en finissant leur vie infâme, l'exécrable instant qui les mît dans le cas fatal de se connoître, & de ressentir l'un pour l'autre un si malheureux penchant.

Menquès frémit à ces terribles paroles: ce fut en vain qu'il voulut adoucir un si furieux ressentiment : le Roi s'étoit décidé, l'Univers entier à genoux n'auroit pû le faire changer : il se rendit à un Port de Mer voisin ; là il se fit reconnoître pour ce qu'il étoit, ordonna qu'on lui tînt un Vaisseau prêt à mettre à la voile, partit le lendemain à la tête d'un détachement d'élite, & reprit le chemin du Château d'*Emilie ;* il n'entra dans le village que vers le milieu de la nuit : ô tristes Epoux ! vous êtes dans les bras du sommeil, se peut-il qu'un pressentiment affreux ne vous fasse prévoir l'instant effroyable qui va vous perdre à jamais ?

Menquès avoit pris les devans avec ordre de voir *Domingo*, & de l'obliger à lui tenir les portes du Parc ouvertes : le Roi entra dans le bois avec son détachement, choisit quatre des principaux Officiers, leur recommanda le silence & le secret sur leur vie, & se fit suivre par eux jusqu'à l'apartement de la Princesse, où il les mit en embuscade. Après leur avoir recommandé de n'en laisser sortir personne, il y entra accompagné de *Menquès*, tous deux le sabre à la main : *Domingo* qui portoit un flambeau frémit, il chancelle, à peine a-t'il la force d'éclairer le lit fatal : *Menquès*, tout prévenu qu'il est, ose à peine s'aprocher : un coup d'œil le rapelle à lui ; le Roi parle, il est obéï.

Emilie frapée par l'éclat du flambeau, ouvre les yeux la premiere, reconnoît le Roi son Frere, jette un cri affreux & perd le sentiment. *Dom Pédre* éveillé par ce cri, veut se jetter en bas du lit en reconnoissant son Maître.... Arrêtes scélérat, s'écrie le Roi, en lui mettant la pointe de son sabre sur la gorge, il est inutile que tu me résiste, il faut fléchir à ta destinée ; tu as sçû m'offenser, il te convient d'essuyer ma vengeance. Le Viceroi sans défense, à la merci de son Souverain, veut en vain le fléchir. Prends ma vie, lui dit-il, en joignant les mains avec soumission ; si tu n'es pas content, fais-moi souffrir les suplices les plus affreux, mais pardonnes à la Princesse, je suis le seul coupable : moi seul je l'ai séduite, moi seul je dois souffrir de mon crime. Si cet égard ne te touche point, respecte au moins le fruit qu'elle porte dans son sein, c'eſt ton propre ſang, c'eſt un innocent qui ne doit point périr pour le crime de ceux qui l'ont fait naître : mais, que dis-je ? c'eſt le Ciel même qui lui donne la vie ; ſi tu ne reſpectes pas ce ſang précieux, reſpectes du moins ſon ouvrage, ma vie ne ſuffit-elle pas pour le venger ?

Le Roi ne daigna pas répondre à ces repréſentations touchantes ; il s'étoit muni de deux Maſques de fer en partant de ſa Cour, dont les ſerrures étoient faites avec tant d'art qu'il étoit impoſſible de les ouvrir, ni que le viſage qu'ils renfermoient pût jamais être vu, ſans qu'on arrachât la vie à ceux à qui ils devoient être mis : il couvrit le viſage de *Dom Pédre* & de ſa Sœur ; après les avoir fermés ſelon le ſecret qu'il poſſédoit ſeul, il fit apeller les Officiers qui gardoient l'apartement. Ces illuſtres & trop malheureux coupables leur furent remis ; ils furent chargés de chaînes, & portés dans un Caroſſe exactement fermé, que le Roi avoit fait amener pour cet effet.

Après ces actes terribles, le cruel Prince donna les ordres du départ : on reprit le chemin du Port de Mer, où on n'entra auſſi que la nuit ; là il fit enlever la Princeſſe & *Dom Pédre* du Caroſſe,

& ils furent transportés dans le Vaisseau qui attendoit ses ordres : il y entra avec *Menquès*, congédia le détachement, fit distribuer une gratification extraordinaire à tous ceux qui l'avoient suivi, en ordonnant à tous, sous peine de la vie, d'observer le secret le plus religieux, & de ne jamais parler en aucune maniere de tout ce qui venoit de se passer.

Pendant que le Vaisseau fend l'onde, & que le Prince barbare s'aplaudit de ses cruautés, l'on doit faire observer quelques particularités essentielles pour l'intelligence du terrible fait dont nous n'avons fait que tracer l'ébauche : il est d'une trop grande importance pour qu'on laisse quelque chose à désirer.

Le Roi s'étoit conduit dans cet affreux projet avec une prudence si parfaitement méditée, qu'il n'y avoit que *Menquès*, *Domingo* & lui qui en eussent le secret. Personne des gens de la Princesse & de *Dom Pédre* ne sçavoit que le Roi avoit paru ; il n'y avoit que le Gouverneur du Port de Mer qui pût soupçonner que les prisonniers qui venoient d'être enlevés fussent *Dom Pédre* & *Emilie*, en aprenant qu'ils étoient disparus : aucun des Officiers, quand même ils eussent osé risquer de parler, ne pouvoit raisonner que ſur des conjectures. Les Maſques de fer dont ces illuſtres malheureux étoient couverts, étoient un obſtacle à leur curioſité, que le Prince avoit rendue inutile. Prévoyant donc n'avoir à ſe défier que du Gouverneur & de *Domingo*, (car pour ſon premier Miniſtre il en étoit ſûr & ne craignoit rien de ſon indiſcrétion,) que fit le Roi pour que ſon ſecret ne courût aucun riſque ? Il fit monter ſur ſon Vaiſſeau ces deux Hommes, dans la réſolution de les deſcendre aux premieres iſles qu'il trouveroit aſſez éloignées, pour ne pas craindre qu'ils puſſent jamais revenir dans ſes Etats.

A l'égard du Vaiſſeau qu'il montoit, il avoit réſolu à ſon retour de donner des ordres ſi périlleux à ceux qui l'avoient accompagné, en les envoyant dans les mers les plus éloignées, qu'il ſe flata que pas un d'eux n'en reviendroit, & qu'il ſeroit par-là à l'abri des conjectures qu'il craignoit & qu'il vouloit étouffer, à cauſe de ſa réputation, à quelque prix que ce fut.

CHAPITRE IV.

CEpendant la Princeſſe, qui étoit entiérement revenue du long évanouiſſement, qui lui avoit ôté pendant deux jours la connoiſſance de ſon état, ſentit avec toute l'horreur qu'on peut imaginer ſon affreuſe ſituation, & la rigueur de ſon ſort. Elle avoit été renfermée avec l'infortuné *Dom Pédre* dans la Sainte-Barbe, dont le Roi ſeul avoit la clef; elle ne put s'empêcher de verſer un torrent de larmes en voyant dans les chaînes l'Epoux qu'elle adoroit: c'eſt-moi, lui diſoit-elle en s'abandonnant à ſa profonde douleur, c'eſt-moi, cher *Dom Pédre*, qui ai fait vos malheurs; ſans cet amour cruel que je n'ai pu m'empêcher de reſſentir dès le fatal inſtant que je vous ai connu, vous ſeriez encore à Barcelone reſpecté, chéri & le plus heureux des hommes : oui, cher Epoux, c'eſt moi ſeule qui vous ai mis dans l'affreuſe ſituation où vous êtes, & qui vous plonge dans l'abîme horrible où je vous vois. Ciel! puis-je ſurvivre à un événement auſſi cruel? Ah, grand Dieu! que je périſſe par tout ce que la barbarie peut imaginer de plus cruel, mais ſauvez ce que j'ai de plus cher dans le monde, je vous ſerai encore trop obligée.

Que pouvoit répondre l'infortuné Dom Pédre à des plaintes ſi touchantes ? Si ſon cœur mâle l'empêchoit de répandre des larmes, ſa douleur n'en étoit pas moins amére, il n'en ſouffroit pas moins. Non, non, Princeſſe, s'écrioit-il, ce n'eſt point moi qui ſuis malheureux, c'eſt vous ſeule que je plains, c'eſt à moi ſeul à me reprocher l'état affreux où ma paſſion vous a réduit; je devois vous aimer aſſez pour ne point profaner votre rang reſpectable, vous ſeriez peut-être à préſent une grande Reine; je vous aurois adorée en ſecret, parce que tôt ou tard j'aurois rendu juſtice à vos charmes, & que je devois vous aimer; mais hélas ! mon amour ne vous auroit pas précipité dans les malheurs affreux où vous êtes: non, non, Princeſſe ne plaignez point mes infortunes, puis-je être malheureux quand je vous vois partager mes peines, & que je ne ſuis point ſéparé de vous ?

Pendant tout le voyage, qui dura plus d'un mois, ces illuſtres Epoux ſe tinrent de pareils diſcours; ils s'attendoient de moment à autre à périr ; ils étoient trop éclairés pour se flater d'un sort moins rigoureux : *Emilie* & *Dom Pédre* connoissoient le Roi ; il les croyoit coupables, c'en étoit assez pour qu'ils fussent punis, & qu'il déployât contr'eux ses rigueurs les plus cruelles.

En effet ce Prince, toujours occupé du dessein affreux de faire périr ces illustres malheureux, faisoit arrêter le Vaisseau à chaque Isle qu'il rencontroit ; jamais il n'en trouvoit d'assez déserte pour son projet terrible : il y descendoit lui-même, & sur le simple soupçon qu'il étoit possible d'y trouver des secours naturels, il passoit outre. Il cotoya pendant toute la route, toutes les côtes les plus arides & les plus stériles ; enfin il crut avoir trouvé ce qu'il cherchoit depuis si long-temps : un rocher effroyable, contre lequel il pensa échouer, s'offrit à sa vue : le sommet s'en perdoit dans les nues, à peine étoit-il possible d'y relâcher ; il pensa que c'étoit-là l'endroit fatal où il devoit descendre les criminels : l'aspect en étoit affreux, & il ne doutoit pas qu'ils n'y souffrissent les horreurs dont sa vengeance barbare se repaissoit depuis si long-tems.

Quelle que fût l'idée qu'il s'en étoit

figuré, il voulut à son ordinaire connoître par son propre examen, si ce rocher, d'un aspect si terrible, étoit réellement ce qu'il paroissoit : il y monta, accompagné de *Menquès*, avec beaucoup de difficulté ; sa curiosité pensa le punir de ses fureurs : à peine fut-il au sommet, qu'un tygre épouventable se présenta à ses regards ; un moment plus tard il en étoit dévoré, il se retira avec frayeur : je l'ai trouvé enfin ce lieu effroyable après lequel ma vengeance aspire avec tant d'ardeur, s'écria-t-il, dès qu'il fut éloigné du péril affreux dont on vient de parler. Qu'on y relâche les coupables, ils y trouveront la punition de leur crime, & tôt ou tard, Menquès, par une mort inévitable, la fin de leurs malheurs : c'en est fait, je vais être vengé, je suis content. Que je périsse par les tempêtes ou par une mort imprévue, je n'aurai point à regretter, en entrant dans le tombeau, d'avoir souffert tranquillement un affront.

Le premier Ministre fut chargé de faire descendre les illustres coupables au bas du rocher escarpé ; il avoit ordre de ne leur donner aucun des aliments qui pouvoient encore soutenir quelques jours leur vie infortunée. S'il n'avoit pas été examiné par les regards défians de son Prince, son humanité, sa compassion auroient prévalu sur cet ordre barbare, mais il fut obligé d'obéir à la derniere rigueur. Le Roi d'un œil sec & cruel considéroit cet affreux sacrifice, sans que les cris de la Princesse pussent l'émouvoir. Son cœur, plus dur que le rocher qu'il avoit choisi pour leur tombeau, sçut résister aux mouvemens pressans de la nature, & dès que l'acte barbare qu'il avoit ordonné fut exécuté, il fit mettre à la voile & reprit tranquillement la route de ses Etats.

Qu'il vogue à pleine voile ce Prince inhumain, qu'il périsse sur les flots soulevés, ou qu'il arrive à bon port, mérite-t'il qu'on s'intéresse à sa destinée? Abandonnons-le au gré des vents : que Neptune gémisse d'une charge si odieuse; que les vagues irritées l'élévent jusqu'aux Cieux, & le fassent périr dans ses gouffres les plus profonds; que le vaste sein de la Mer l'engloutisse; qu'il soit enfin le jouet de tous les malheurs déchaînés, ou que la fortune aveugle, au lieu de le punir de ses cruautés, le mette au faîte de ses grandeurs : qu'il ne soit plus question de ce monstre inhumain, il n'est pas digne de nos égards, volons à nos illustres malheureux. Ils sont abandonnés à leur désespoir. Grand Dieu ! qu'ils invoquent ſans ceſſe, n'aurez-vous point pitié de leurs clameurs ? Leur refuſerez-vous vos ſecours divins ?

Dom Pédre ne ſe vit pas plutôt ſur le rocher avec ſa chere *Emilie*, que ſon premier ſoin fut de la prendre entre ſes bras, & d'épuiſer tous les motifs de conſolation pour faire ceſſer les cris affreux dont elle faiſoit retentir les environs : nous ſommes à la merci du Ciel, lui diſoit-il, ayons un aveugle confiance en lui, il ſçait faire des miracles quand il veut, que ſçavons-nous ſi ſa bonté ſuprême ne daignera pas, dans le cas terrible où nous ſommes, s'intéreſſer à notre ſort affreux ?

Quelque déſeſpérée que fut la Princeſſe, elle ne put s'empêcher de s'attendrir, aux ſoins touchants d'un Epoux ſi chéri ; elle ſe prêta à ſes tendres déſirs, dès qu'elle eut accordé à la foibleſſe de ſon ſexe ces larmes ordinaires qui lui ſemblent propres, & que les plus intrépides ne peuvent s'empêcher de verſer dans des ſituations auſſi terribles ; non ſeulement elle parut tranquille, mais même ſon amour pour ce cher Epoux, reprenant le deſſus, emprunta les ſecours d'un courage nouveau. Elle ſe leva, s'efforça de marcher. Dom Pédre lui proposoit de faire ses efforts pour arriver au sommet du rocher ; peut-être, disoit-il, trouverons-nous, dans ce qui a paru le comble de l'infortune & du désespoir, le soulagement à nos maux. Peut-être le Ciel nous prépare-t'il, dans ces lieux si terribles en aparence, un sort plus doux que nous n'oserions nous en flater.

Le chemin par lequel on pouvoit arriver au haut du rocher étoit tortueux & difficile à monter ; la nature en avoit fait une espéce d'escalier, dont les marches étoient si élevées qu'il étoit besoin des efforts les plus pénibles pour les atteindre. Il fallut tout le courage de la Princesse *Emilie*, & toute la force de son illustre Epoux, pour l'aider à parvenir, après plus de quatre heures d'éforts, à arriver au sommet. Dans leur douleur affreuse, ces Epoux infortunés furent consolés en reconnoissant, que le pays où ils se trouvoient n'avoit rien de terrible, ni qui fît prévoir qu'ils dussent y périr de faim. Après avoir fait cinq où six cens pas, ils trouvérent des arbres chargés de fruits, qui leur offroient un secours assuré pour soutenir leurs jours malheureux. Le Ciel soit à jamais loué, s'écria le courageux Viceroi, en se jettant à genoux, & en baiſant la terre humblement, Dieu nous arrache à la mort cruelle dont nous étions menacés ; répondons à ſa bonté infinie, en nous réſignant avec patience aux horreurs dont nos ennemis nous accablent ; oui, le Ciel favorable nous fera ſurmonter tant de difficultés aparentes, & nous rendra un jour à la Patrie dont nous ſommes ſi cruellement proſcrits.

Avant que le Soleil ſe couchât, le courageux Dom Pédre, qui cherchoit un lieu commode pour ſe mettre à l'abri des injures de l'air, trouva un arbre dont les branches rentrées dans la terre faiſoient une eſpéce de berceau, & ſous lequel on pouvoit ſe placer commodément : au lieu de ſe plaindre de ſon ſort, & de s'abandonner au déſeſpoir, il employa tous ſes ſoins pour former un lit ſur lequel il pût faire repoſer ſa chere Emilie. La mouſſe dont le corps de l'arbre étoit environné, lui fournit le duvet dont il l'éleva ; il parvint à en aporter une ſi grande quantité, qu'il eut bien-tôt lieu de s'aplaudir de ſes attentions. Que le Ciel faſſe de moi ce qu'il lui plaira, s'écrioit *Emilie*, étonnée de tant de bontés dant un état ſi peu propre à en avoir, je ſuis conſolée puiſqu'il me laiſſe un

Epoux ſi tendre & ſi généreux : dans le malheur affreux dont je ſuis accablée, que puis-je déſirer de plus attendriſſant ?

Ces diſcours étoient trop propres à augmenter la fermeté de *Dom Pédre*, pour qu'il ne ſe fît pas un devoir d'en mériter la confirmation : il n'y avoit pas de jours qu'il n'imaginât des moyens nouveaux pour adoucir l'amertume d'une retraite ſi auſtére ; tantôt il raportoit des fruits dont le goût délicieux ne faiſoit point regretter d'autres alimens. Une autre fois ſon adreſſe le faiſoit parvenir à trouver des nids d'oiſeaux dont la nourriture ſubſtantielle ſuffiſoit à raſſaſier l'apétit le plus dévorant ; il avoit trouvé de l'eau dans une claire fontaine ; & pour comble de conſolation, une fumée épaiſſe, qu'il entrevit un jour en allant à la découverte, l'avoit attiré & conduit vers un endroit du rocher où un bitume alumé lui offroit l'agrément d'allumer du feu, & de faire cuire ſur des braſiers ardents les viandes qu'il ſe procuroit par ſon agilité & ſes ſoins. Mille nids d'oiſeaux de différentes eſpéces & meilleurs les uns que les autres, le raſſuroient ſur la crainte qu'ils euſſent dû avoir naturellement de périr faute d'alimens.

Ce fut à peu près de cette maniére que

la Princeſſe & *Dom Pédre* vécurent, juſqu'au moment que les douleurs de l'enfantement annoncérent à *Emilie* qu'elle alloit donner à ſon Epoux un gage aſſuré de ſon amour : ce fut dans ces cruels inſtants qu'elle reſſentit toute l'horreur de ſon ſort : mais crainte d'affliger un Epoux uniquement occupé du ſoin de lui plaire, & de lui faire oublier ſes malheurs, lui faiſoit dévorer ſes larmes & ſes cris : peut-on pouſſer les attentions à un dégré auſſi parfait ? La Princeſſe mit au monde un Fils plus beau que l'amour ; & à peine ſon tendre Epoux s'aperçut-il des ſouffrances dont elle avoit été tourmentée, qu'elle craignoit de l'attendrir. Elle ménageoit ſes peines. Elle ſçavoit trop combien cet Epoux lui étoit précieux pour riſquer de le perdre & l'abandonner à ſon propre déſeſpoir.

Dom Pédre reçut ce gage touchant, comme un préſent du Ciel accordé pour ſa conſolation ; il le baiſa tendrement, & le nomma de ſon nom & de celui d'une Terre qui lui apartenoit apellée *Criſtanval*. Puiſſes-tu venger ton Pere un jour, s'écria-t'il, & punir le Tyran cruel qui nous accable ſous ſes affreux coups : vis, *Criſtanval*, pour nous conſoler de nos malheurs : que le Ciel te comble de ſes bénédictions, & qu'il ne me faſſe pas regretter un jour tous les maux dont tu es le principe innocent. La Princeſſe attendrie par ce ſouvenir fatal, & par la crainte que le brave *Dom Pédre* ne reſſentît trop vivement ce malheur, lui fit les proteſtations d'amour les plus touchantes, & aſſura, comme ſi elle eût été inſpirée, qu'un jour ils ſeroient dédommagés de tant de maux ſoufferts.

Deux ans après Emilie accoucha d'une Fille, belle comme le jour; excepté qu'elle avoit un *Maſque* parfaitement bien deſſiné *ſur ſa poitrine*, & reſſemblant à celui de Dom Pédre; c'étoit un chef-d'œuvre de la nature. Ce nouveau préſent du Ciel ſervit à conſoler pendant un tems, ces Epoux reſpectables, de l'affreuſe ſituation où ils ſe trouvoient réduits; mais à peine cette aimable enfant avoit-elle atteint l'âge de ſix ans, qu'elle diſparut tout-à-coup, ſans que les recherches exactes que firent Dom Pédre & ſon Fils puſſent les faire parvenir à ſçavoir ce qu'elle étoit devenue. Ils ne doutoient pas que quelques bêtes féroces ne l'euſſent enlevée & dévorée: cette perte les accabla de douleur. Emilie fut un tems conſidérable ſans ſe pouvoir conſoler. Dom Pédre n'en ſouffrit pas moins, il aimoit à l'adoration cette fille ; ſans la crainte attentive d'aggraver les douleurs d'une moitié qui lui étoit ſi chere, il en ſeroit peut-être mort lui-même de douleur.

Le plus grand de tous les chagrins de *Dom Pédre* étoit le Maſque affreux, dont le beau viſage d'*Emilie* étoit couvert. Il avoit tenté tous les moyens imaginables pour la délivrer d'un eſclavage auſſi terrible ; mais en vain, la trempe de l'acier étoit à l'épreuve des efforts les plus puiſſans. Que mon malheur eſt horrible, s'écrioit-il quelquefois, je jouis de ce que j'aime, il eſt en ma puiſſance, & je ne puis avoir le doux plaiſir de le voir ; il ſoupiroit alors : ſous le Maſque dont il étoit couvert lui-même, combien de fois Emilie n'avoit-elle pas entrevu ſa douleur & ſoupiré du même obſtacle.

Mais à quoi l'habitude & le tems n'accoutument-ils pas ? *Emilie* & *Dom Pédre* au bout de dix ans ne trouvérent plus ſi extraordinaires les malheurs dont ils étoient accablés ; le petit *Criſtanval* les conſoloit de tout, il grandiſſoit à vue d'œil, donnoit des marques de momens en momens de ce qu'il ſeroit un jour : il montroit de l'eſprit à chaque inſtant. Avant quinze ans, il étoit de la plus grande taille : ſa force étonnoit ſouvent ſon Pere & ſa

Mere ; il remuoit les fardeaux les plus lourds & déracinoit un arbre ſans beaucoup d'efforts : que ne devoit-on pas attendre de ces prémices heureux ? Plus il paroiſſoit extraordinaire en tout, & plus Dom Pédre & ſa Mere s'attachoient à lui cultiver l'eſprit. Il retenoit avec une facilité étonnante ce qu'on lui enſeignoit, & faiſoit connoître par ſes réflexions & par ſa curioſité, qu'il avoit un fond de ſentiment & de capacité qui n'attendoit que les occaſions pour briller un jour dans le monde comme un phénomene nouveau.

Dom Pédre lui avoit fait part de ſes malheurs dès qu'il avoit été dans un âge aſſez raiſonnable pour les concevoir. *Criſtanval* avoit fait comprendre, par le reſſentiment qu'il avoit marqué contre l'Auteur de ces traitemens, combien il déſiroit les occaſions de venger une barbarie ſi affreuſe. Il ne perdoit jamais cet objet de vue, & il n'y avoit pas de jours qu'il ne parlât des moyens qu'on pouvoit imaginer pour ſortir de l'Iſle déſerte & pour retourner dans des Climats où il pût méditer ſa vengeance. Ces témoignages d'une tendreſſe vraiment filialle donnoient des conſolations extrêmes à ceux de qui il avoit reçu le jour, ils l'embraſſoient alors, & afin de faire cesser le chagrin qu'il marquoit des obstacles qui s'oposoient à ses désirs, ils l'assuroient que sa bonne volonté leur suffisoit, & que dans la situation où ils se trouvoient, il falloit laisser au Ciel à régler leur destin.

Ces discours, quelques capables qu'ils fussent de modérer un jeune courage, ne faisoient pas l'effet qu'on en pouvoit attendre : *Cristanval* dans les premiers mouvemens d'une jeunesse impétueuse ne respiroit que la vengeance & la liberté : il descendoit de jour en jour plus avant dans les terres, & il se persuadoit qu'à force de chercher, il trouveroit enfin quelques moyens pour parvenir à cette liberté dont il ne connoissoit encore que le nom : il sortoit tous les jours avant le lever du soleil, & il ne revenoit que bien avant dans la nuit : en vain *Dom Pédre* & *Emilie* faisoient-ils leurs efforts pour le retenir, dans la crainte qu'il ne s'égarât, & qu'ils ne fussent privés de ce qu'ils avoient de plus cher dans le monde ; il étoit soumis, respectueux & tendre, mais il excusoit ses désirs impatiens en remontrant qu'il devoit travailler à faire cesser un esclavage si affreux : vous m'avez dit cent fois, leur disoit-il, en les embrassant tendrement, que le Ciel protégoit l'innocence

& qu'il bénissoit tôt ou tard les entreprises légitimes, pourquoi ne me flaterois-je pas qu'il bénira les miennes ? Je désire ardemment de faire cesser vos peines, de vous rendre dans des climats plus fortunés, d'acquérir de la gloire, afin de reconnoître tout ce que je vous dois, pourquoi voudriez-vous m'en empêcher ? Avec de la persévérance & une patience à l'épreuve, que ne dois-je pas espérer ? J'ai lieu même de croire que nous ne sommes pas aussi éloignés de voir cesser notre esclavage que vous vous l'êtes toujours figuré. Autant que je puis le comprendre par mes découvertes, le pays est habité à la gauche de l'Isle ; & si je ne me trompe, je trouverai les moyens avant peu de vérifier cette importante conjecture.

Emilie & Dom Pédre frémirent à ce raport. Le Viceroi, qui avoit une connoissance parfaite de la Géographie, avoit toujours soupçonné qu'il étoit dans les Indes les plus éloignées, & que si l'Isle où il se trouvoit devoit être habitée, elle ne pouvoit l'être que par des Antropophages ou mangeurs d'Hommes. Ce doute cruel l'avoit empêché de quitter sa premiere habitation, & cela parce qu'il avoit reconnu par une longue expérience qu'elle étoit à l'abri de ce qu'il avoit lieu de craindre avec tant de raiſon ; indépendamment de ces juſtes motifs, il n'oſoit perdre de vue les rivages de la mer : le même hazard fatal qui avoit amené un Vaiſſeau dans ces mers éloignées, pour lui faire perdre ſa liberté, pouvoit en faire paroître un autre dans les ſuites qui la lui auroit rendue : on ſe flate toujours, l'eſpérance ne nous abandonne jamais.

Bien-loin que ces frayeurs fiſſent impreſſion ſur le cœur du jeune *Criſtanval*, elles animérent ſon courage ; il aſſura qu'il ne craignoit point les mangeurs d'hommes, & que s'il pouvoit en rencontrer, il les extermineroit ou les obligeroit à lui fournir les moyens de ſortir de ces lieux déſerts. *Dom Pédre* fut obligé de ſe ſervir de ſon autorité pour captiver ce fils trop impétueux ; il lui remontra que c'étoit tenter l'impoſſible que d'enfanter de pareils projets. Il prit cette occaſion pour lui faire l'hiſtoire des Sauvages, & il fit ſes efforts pour lui en donner toute l'horreur qu'il crut propre à le rendre circonſpect & plus obéiſſant.

Criſtanval, qui s'étoit flaté que ſon Pere lui permettroit, en conſidération de ſes vues légitimes, de tenter l'aventure qu'il avoit méditée, ſoupira de douleur de ſe voir arracher la gloire dont il s'étoit flaté. Il faut donc ſe réſoudre, s'écria-t'il en levant les yeux au Ciel, de périr dans ces terribles lieux, ſans qu'il ſoit permis d'oſer en ſortir ? Non, mon Fils, lui répondit *Emilie*, qui trembloit de le perdre, le Ciel aura pitié de nos maux, & fera ceſſer tôt ou tard notre ſervitude : implorons-le ſans ceſſe, il exaucera nos vœux : que pourrions-nous eſpérer des hommes ? Rien, mon Fils, dans la circonſtance affreuſe où nous nous trouvons, c'eſt de lui ſeul que nous devons attendre la fin de nos malheurs.

CHAPITRE V.

TRois années entieres s'écoulérent encore de cette ſorte : Dom Pédre ne permettoit plus à ſon Fils d'aller à la découverte, il craignoit qu'à la fin il ne le perdît, & il ne doutoit pas qu'après ce malheur la Princeſſe ne s'en affligeât au point qu'elle n'en mourût de déſeſpoir. Cette conſidération puiſſante redoubloit ſon attention : il ne ſouffroit point qu'il le quittât d'un pas, quoiqu'il conçût aſſez combien *Cristanval* en souffroit, malgré sa respectueuse soumission pour ceux à qui il devoit la vie ; il étoit aisé de lire dans ses yeux sa tristesse & ses désirs impétueux.

Une nuit, qu'il dormoit d'un sommeil inquiet, il fut réveillé en sursaut par un bruit effroyable, qui lui fit croire d'abord que la nature se confondoit & qu'elle étoit prête à rentrer dans le cahos : les éclairs & le tonnerre se succédoient subitement tour-à-tour ; jamais il n'avoit entendu un ouragan plus furieux : au lieu de frémir d'un évenement si terrible, il se leva & sortit de sa case, pour voir de ses propres yeux les effets horribles du bruit, dont les plus intrépides auroient été étonnés : les Cieux étoient ouverts, & lançoient de tels feux qu'il faisoit aussi clair que si plusieurs Soleils eussent éclairé l'Univers à la fois. *Cristanval* admira ces effets de la nature, avec un courage intrépide, mais il ne s'en émut que très-peu ; tout ce qu'il craignit dans cette occasion, fut que son Pere & sa Mere ne se ressentissent de cette cruelle tempête : il rentra pour sçavoir s'ils n'en souffroient point, afin de les transporter dans une Caverne toute voisine, où il se mettoit souvent à l'abri des pluies abondantes

dantes que le Ciel répandoit frequemment ; il les trouva levés & prêts à sortir. *Emilie*, moins courageuse que *Dom Pédre* & son Fils, pouvoit à peine se soutenir tant elle étoit effrayée : *Cristanval* l'enleva, & chargé de ce respectable fardeau, il marcha devant son Pere, qui le suivoit en raisonnant sur les effets horribles du tonnerre & sur les malheurs perpétuels qu'il occasionnoit.

A peine furent-ils dehors de leur case, qu'un coup de tonnerre effroyable les jetta tous à la renverse ; ils se crurent écrasés, & restérent pendant quelques minutes si étourdis, qu'il n'y eût que *Cristanval* qui eut la force de se relever : il jetta un cri en voyant la Princesse sa Mere étendue à ses pieds sans aucun mouvement, & le Masque de fer qu'il lui avoit toujours vu sur le visage, tombé à côté d'elle ; il la crut morte & s'abandonna aux plaintes les plus touchantes. *Dom Pédre*, qui s'étoit relevé aux clameurs de son Fils, accourut vers lui précipitamment : ah Dieu ! s'écria-t'il, qu'est-ce que je vois? En prononçant ces mots il releva *Emilie* qui n'étoit qu'étourdie, & qui revint à elle dans le moment ; elle entendit les plaintes de son Epoux & de son Fils, qui s'étoient figurés que la foudre, en lui fondant son Masque sur le visage, avoit dû la faire périr. Remerciez le Ciel, s'écria-t'elle en se prosternant humblement, il vient de faire un miracle en ma faveur, en permettant que le Masque cruel, dont j'étois l'esclave depuis si long-tems, soit tombé sans que j'aye ressenti la moindre douleur ; c'est un augure heureux qui nous annonce la fin de nos malheurs : nos prieres l'ont fléchi ; embrassez-moi, mon Epoux & mon Fils, & félicitons-nous mutuellement d'un évenement aussi prodigieux qu'imprévu.

Cristanval se préparoit à reprendre la Princesse, pour la transporter précipitamment à la Caverne dont on n'étoit qu'à trente pas, l'orsque *Dom Pédre* leur montra du doigt la mer. Je suis bien trompé, leur dit-il, si ce que je vois sur l'onde, n'est pas un malheureux Vaisseau qui combat contre les vagues & l'orage : plût au Ciel qu'il fut préservé du naufrage, & qu'après la tempête nous fussions assez heureux pour être remarqués de quelqu'un de ceux qui y sont renfermés. *Cristanval* à cet aspect tressaillit ; il s'écria qu'il ne falloit pas perdre une occasion favorable, & qu'on devoit lui permettre de faire tous ses efforts pour en profiter :

en achevant ces mots, il transporta comme un oiseau la Princesse sa Mere dans la Caverne ; & sans attendre la permission qu'il avoit demandée, il sortit avec précipitation & fut examiner avec soin le Navire que les vagues en couroux aprochoient de plus en plus du rocher. *Dom Pédre*, qui ne vouloit pas perdre de vue un Fils si cher, le suivit un moment après. *Emilie* l'en avoit prié ; elle aimoit mieux rester seule, (dans l'idée que *Dom Pédre* sçauroit contenir l'empressement trop vif de *Cristanval*,) que de l'abandonner à ses mouvemens impétueux.

Le Vaisseau battu par la tempête fut long-tems le jouet des vagues & de Nuptune en fureur ; il offrit a *Cristanval*, qui n'avoit jamais rien vu de semblable, un spectacle bien terrible & bien intéressant ; enfin un coup de mer le poussa avec violence dans une petite Baye qui se trouvoit entre deux rochers, dans lequel il étoit si serré qu'il ne pouvoit plus remuer. Mille vagues se succédant les unes aux autres se pressérent d'entrer dans ce malheureux Navire, & l'eurent bientôt submergé à leurs yeux. *Dom Pédre* & *Cristanval* distinguérent à la lueur des feux dont le Ciel étoit embrasé, tout l'Equipage qui luttoit en vain contre les coups redoublés de l'onde en furie : les uns s'abandonnoient au gré des eaux, ſans autre ſecours que celui de leurs bras impuiſſans ; d'autres qui avoient ſans doute prévu le malheur affreux dont ils étoient actuellement les victimes infortunées, paroiſſoient attachés à des planches que ces vagues raportoient en pleine mer, & diſparoiſſoient pour jamais.

Au point du jour la pluie, qui tomba en abondance, calma l'orage, & peu de tems après la tempête & le vent ceſſérent tout-à-coup. *Criſtanval*, en jettant ſes yeux avides & curieux ſur la ſurface de la mer, aperçut une perſonne qui s'épuiſoit en languiſſans efforts pour aborder les environs du rocher : il accourt ; ſon cœur généreux s'émut de compaſſion, il veut la ſauver du péril auquel elle eſt à la veille de ſuccomber ; un moment plus tard c'en étoit fait ; il ſe jette dans la mer, il la ſaiſit par les cheveux, & d'un bras vigoureux il la tire à ſoi ; bientôt il gagne le rivage : *Dom Pédre* n'avoit pu déſaprouver une action ſi digne de louange ; il avoit ſuivi ſon Fils dans l'eſprit de la partager ; c'eſt une femme, s'écria-t-il, en conſidérant la perſonne qu'on venoit d'arracher au trépas ; elle n'eſt pas morte ; ô Ciel qu'elle eſt belle !

Cristanval s'émut à ce discours : c'est une femme, mon Pere, s'écria-t-il, une femme comme ma Mere. Eh bien ! ce sera la mienne..... mais elle est sans mouvement, continua-t-il avec douleur ; que faut-il donc faire pour la rapeller à la vie ? *Dom Pédre* sourit sous son affreux Masque de ce transport & de la naïveté de son Fils : il l'aide à la soulever, lui fait rendre l'eau qui la suffoquoit. Après un soupir elle reprend connoissance, elle ouvre les yeux, elle les jette sur *Dom Pédre*, s'effraye à la vue de son visage de fer : & le prenant pour un monstre, elle jette un cri, & son effroi est si grand, qu'elle retombe dans l'état dont on la vient de tirer.

Il ne fut pas difficile à *Dom Pédre* de soupçonner la cause de la frayeur qu'elle marqua en arrêtant les yeux sur lui ; il en soupira & il s'empressa de la secourir. Dans la crainte que la même cause ne la fît retomber une seconde fois en foiblesse, il conseilla à son Fils de la transporter auprès d'*Emilie*, afin qu'elle la préparât à le revoir sans effroi. *Cristanval* s'acquita de cet ordre avec joie, sans deviner quel étoit le motif secret qui le faisoit agir, & que la nature seule étoit capable de lui donner des empressemens pour un ſexe aimable qu'il ne connoiſſoit pas encore. Il enleva cette chere proie, & la porta près d'*Emilie*, qui commençoit à s'inquiéter de l'abſence de ſon Epoux & de ſon Fils, & qui fut bien ſurpriſe de la Compagne nouvelle qui lui arrivoit.

Dès qu'il ſe fut acquité d'un devoir ſi doux, il retourna avec empreſſement vers ſon Pere, dans l'eſpérance de ſecourir encore quelques malheureux ; mais cette envie généreuſe fut vaine ; pluſieurs corps ſurnageoient ſur la ſurface de la Mer ; c'en étoit fait, les flots leur avoient ôté une vie infortunée. *Dom Pédre* en compta plus de trente, & il ne put enviſager tant de mortels malheureux, ſans ſe rapeller ſa ſituation affreuſe, & ſans être ému juſqu'au fond du cœur.

Voilà donc ce que c'eſt que notre vie, s'écria-t'il, en ſe tournant vers *Criſtanval* ; vous le voyez, mon Fils, & à quoi tant de projets aboutiſſent : à peine ſommes-nous nés, que nous ſommes en proie aux chagrins, aux traverſes & aux pleurs. Devenons-nous dans l'âge que la vanité humaine a nommé orgueilleuſement l'âge de raiſon, que nous expoſons ſans ceſſe cette vie ſi chére, & que nous ne pouvons perdre qu'une fois, pour ſatiſfaire les moindres de nos désirs : un jeune adolescent, envie-t'il le nid de quelques petits oiseaux, construit sur la derniére branche d'un arbre, dont la cime se perd dans les nues, vous le voyez ardent à y grimper : il ne réfléchit pas qu'une peut rompre sous son pied & le précipiter en bas ; il veut atteindre jusques au haut de l'arbre ; il ne voit point la mort, il la méprise, & il n'a point de repos qu'il n'ait enlevé ce nid qui fait dans cet âge innocent l'objet de ses désirs : les passions arrivent cependant peu-à-peu, elles s'emparent de son cœur en chassant l'innocence. La nature d'intelligence avec ces goûts nouveaux, porte bien-tôt l'homme à souhaiter la possession d'une femme qui lui plaît ; il s'enivre de la fatale douceur de la posséder, il devient jàloux, il veut éloigner des rivaux, il est prêt à chaque instant de répandre son sang & de perdre sa vie : toujours risques sur risques ; il ne réfléchit que sur la qualité de ses désirs, tout autre égard lui est indifférent.

A-t'il atteint enfin la possession des biens que ses sens offrent à sa jeunesse, vous le voyez courir à d'autres qu'il croit plus solides : les richesses deviennent l'objet de ses plus tendres vœux, il n'y a point de périls auxquels il ne s'expose pour en amasser, il court les mers, passe d'un pole à l'autre, essuye mille dangers divers : qu'il réussisse ou non, il faut mourir, & souvent il quitte la vie avant d'avoir joui du fruit de ses travaux.

Cristanval étoit encore trop jeune pour que ces considérations morales fissent un certain effet sur son cœur ; il n'étoit occupé que des objets qui frapoient sa vue : en tournant à la gauche du rocher il jetta un cri d'admiration : voyez, voyez, mon Pere, s'écria-t'il, voilà ce Vaisseau malheureux qui a été si long-tems le jouet des vagues & des vents. *Dom Pédre* jetta les yeux sur la Baye, & tressaillit de joie à cette vue. Ah Ciel ! reprit-il, retournons précipitamment vers votre Mere, qu'elle aprenne le miracle que le Ciel opére en notre faveur : sçavez-vous, mon Fils, que ce Vaisseau va faire cesser tous nos malheurs ? Concevez-vous qu'il peut nous transporter dans des Climats plus fortunés ? *Cristanval* à ce discours se jetta au col de *Dom Pédre*, & marqua par cent transports différemment exprimés, combien cette liberté, qu'on venoit de lui faire envisager, avoit pour lui de charmes. Nous allons donc être libres, & quitter ces retraites affreuſes? O Ciel ! que ne vous devons-nous point ! O mon Pere, quel bonheur ! Volons, courons en faire part à la Princeſſe ; je l'aprendrai auſſi à la charmante perſonne que j'ai ſauvée du naufrage, elle m'en ſçaura gré, elle m'embraſſera comme ma Mere vous embraſſe, & j'en ſerai tranſporté de plaiſir.

Dès que la Princeſſe fut inſtruite de la découverte qu'on venoit de faire, elle jetta les yeux vers le Ciel & le remercia de ces bonnes nouvelles : l'Inconnue étoit abſorbée dans une ſi profonde douleur, qu'elle n'avoit pas encore proféré un mot depuis qu'elle avoit été tranſportée dans la Caverne. *Criſtanval* fit tout ce qu'il put pour la diſtraire de ſes larmes, en lui diſant les choſes les plus conſolantes. Nous allons travailler, mon Pere & moi, à votre liberté, lui répétoit-il ſouvent ; en attendant promenez-vous avec ma Mere, allez avec elle chercher des nids d'oiſeaux, nous les mangerons enſemble après notre travail ; j'irai vous chercher des cailloux ſur le bord de la mer, les plus beaux du monde, & vous paſſerez agréablement le tems à conſidérer leurs différentes couleurs : allez, je vous procurerai des plaisirs auxquels vous vous accoutumerez bientôt.

La belle Etrangére n'avoit garde de répondre à toutes ces choses ; elle étoit Anglaise & n'entendoit pas l'Espagnol ; *Dom Pédre* qui s'en douta à la maniére dont elle étoit vêtue, & sçavoit quelques mots de cette Langue, lui parla : la jeune Inconnue témoigna un mouvement de joie, en entendant son Idiome ; mais elle dura peu : le brave Viceroi n'en sçavoit pas assez pour continuer un entretien réglé.

CHAPITRE VI.

LE lendemain à la pointe du jour *Cristanval* & son Pere descendirent dans la Baye ; la mer étoit absolument retirée, & le Vaisseau étoit presque demeuré à sec ; ils le visitérent & y trouvérent un grand nombre de provisions de bouche, & de tout ce qui étoit utile aux besoins de la vie : mais ce qui leur fit plus de plaisir que tout le reste, fut que le Navire n'étoit que très-peu endommagé, & qu'il étoit facile de réparer le dommage. *Dom Pédre* avoit été autrefois Capitaine de Vaisseau, & entendoit parfaitement tout ce qui avoit raport à la Mer : *Cristanval* étoit fort, comme il a été dit, & avec cela adroit ; il comprenoit avec une facilité extrême ce qu'on lui montroit ; en un mot, avant un mois le Vaisseau fut en état de mettre à la voile ; & malgré les difficultés insurmontables qui sembloient empêcher qu'on ne l'arrachât de la Baye, il en sortit avec moins de peine qu'on n'avoit lieu de l'espérer.

Avant que de se mettre en mer & de quitter l'Isle, *Dom Pédre* & *Cristanval* crurent devoir faire un voyage aux environs, afin d'examiner si l'on pouvoit en sortir sûrement, & sans que l'on s'engageât dans les écueils. Ils se servirent pour cet effet d'un bateau qu'ils avoient trouvé dans le Navire ; ils eurent lieu d'être contens de leurs observations ; tout paroissoit favorable à leur dessein : le vent portoit en avant, la mer n'étoit agitée que comme elle le devoit être pour faire voguer le Vaisseau : l'on avoit trouvé une Boussole, une Carte & tous les Instrumens propres à découvrir les hauteurs ; il ne s'agissoit plus que de la protection du Ciel pour arriver à la liberté qu'on désiroit avec tant d'ardeur.

Après six semaines de la plus heureuse navigation, *Dom Pédre* découvrit la terre & un magnifique Port de Mer. La joie transporta la Princesse & *Cristanval* : l'Inconnue la marqua par une suite de discours auxquels personne ne comprit rien. Souvenez-vous, s'écria *Dom Pédre* à sa famille, en voyant arriver un Vaisseau du Port, qui venoit les reconnoître, que nous devons observer un silence religieux sur tout ce qui nous est arrivé. La moindre indiscrétion seroit capable de nous perdre, nous ne sçavons en quelle terre nous allons aborder : peut-être sommes-nous en Espagne ou dans quelques pays de sa puissance : je passerai pour un Officier qui alloit occuper un Emploi dans les Indes, & qui a été pris en revenant dans sa Patrie avec les effets qu'il avoit amassés : mon histoire est toute prête, & sera si vraisemblable, qu'il ne s'agira que de la confirmer

La premiére chose que fit *Dom Pédre* en arrivant, fut d'envoyer chercher un ouvrier, à qui il fit limer son Masque affreux. Le long-tems qu'il le portoit, avoit rendu son visage si méconnoissable, qu'*Emilie* elle-même eut peine à le reconnoître, & ne douta point que quand même il eût abordé en Espagne, il n'eût été par cette raison parfaitement en sûreté.

Cependant le Viceroi, qui avoit de l'expérience & de l'esprit, n'eut pas plutôt entretenu le Gouverneur du Port, qu'il s'attira beaucoup de distinction de sa part ; il ne voulut pas souffrir qu'il prit d'autre logement que chez lui, jusqu'à ce qu'il eut mis ordre à ses affaires. La maniére dont il lui parla de Guerre & de Politique, lui fit penser qu'il étoit un grand Capitaine ; & comme le Roi d'Angleterre son Maître avoit la guerre, il crut lui rendre un grand service en l'engageant à servir dans ce Royaume : il lui en fit la proposition, en lui promettant qu'il rendroit de si bons comptes de lui, qu'il lui feroit obtenir bientôt un Emploi proportionné à son mérite. *Dom Pédre*, qui ne pouvoit faire mieux, & d'ailleurs charmé d'avoir lieu de se venger du Roi d'Espagne, contre lequel cette guerre se faisoit, & qui étoit celui-là même qui lui avoit tant fait souffrir de cruautés, accepta avec joie cette proposition. Le Gouverneur tint exactement parole : on fit tant de cas à la Cour de sa recommandation & des choses avantageuses qu'il avoit écrites en faveur de *Dom Pédre*, que non-seulement on lui donna un Régiment & une Compagnie à ſon Fils, mais même il fut ordonné qu'il viendroit en perſonne à la Cour, afin qu'on jugeât, par la conférence qu'on vouloit avoir avec lui, de la vérité du raport qui avoit été fait en ſa faveur.

Le Roi d'Angleterre, après deux heures d'entretien avec *Dom Pédre*, qui avoit pris le nom de *Diego d'Aragon*, afin de ne donner aucun ſoupçon de ce qu'il étoit, parut ſi content de la maniére dont il avoit parlé pendant la conférence, qu'il l'aſſura qu'il auroit ſoin de ſa fortune, & que ſi l'exécution répondoit en lui à ſa parfaite théorie, qu'il n'y avoit point de grade où il n'eût lieu de prétendre. *Dom Pédre* avoit l'air ſi noble, & la phiſionomie de ſon Fils prévenoit tellement en ſa faveur, que le Monarque dès ce moment conçut pour cette famille une amitié durable; il les renvoya avec mille témoignages de bonté, & les Courtiſans prévirent dès-lors que la fortune de ces Etrangers feroit infailliblement un cours prodigieux, pour peu que la prévention qui régnoit en leur faveur fût des actes réels de bonne conduite & de valeur.

Avant que nous entrions dans le détail des choſes qui vont ſuivre, il eſt eſſentiel de faire connoître les Acteurs nouveaux qui paroîtront bientôt ſur la ſcene ; il n'y en a pas un ſeul qui ne donne lieu à bien des événemens.

Le Roi d'Angleterre avoit quarante ans ; il avoit épouſé une Princeſſe d'une beauté ſans égale, & cela par une aventure extraordinaire dont on rendra compte autre part. Il étoit brave, aimoit la guerre ; & quoiqu'il ne fut pas heureux dans ſes entrepriſes, il ne faiſoit jamais la paix qu'à regret. Toutes les vertus qu'on admiroit en lui, étoient ternies par un grand défaut ; il ſe laiſſoit prévenir aiſément, & lorſque cela arrivoit, il étoit rare qu'on pût le faire revenir.

La Reine étoit dans ſa premiere jeuneſſe ; outre ſon extrême beauté, elle avoit des graces qui lui attiroient autant de cœurs que de reſpects ; mais ſa ſageſſe ſans égale étoit un frein qui contenoit ſes déſirs : une partie des Princes & des Seigneurs de la Cour l'adoroit en ſecret, ſans que jamais il ſe fût trouvé perſonne qui eût oſé le déclarer.

Le premier Miniſtre s'apelloit Milord *Portemhil* ; il étoit abſolu, & ſon eſprit ſupérieur l'élevoit autant au-deſſus des autres Miniſtres, que la vertu inſpire de reſpect aux plus vicieux ; quoiqu'il fut naturellement affable, il avoit la phisionomie févére, & en impofoit toujours malgré lui.

Depuis une année cette févérité paroiffoit redoublée, & cela parce qu'il avoit un fond de chagrin qui le dévoroit & qu'il cachoit à peine : il avoit une fille extrêmement aimable qui avoit tout-à-coup difparu, au grand étonnement de tout le monde, fans qu'il eût pu fçavoir depuis dans quel endroit de la terre elle avoit pu fe retirer ; il avoit dépenfé des fommes immenfes, & il en dépenfoit encore tous les jours, pour tâcher de parvenir à la retrouver : & c'étoit-là le principe fatal de fes inquiétudes & de fa mélancolie.

Le vrai fujet de ce chagrin, qu'il avoit fçu cacher jufqu'alors, étoit qu'il aimoit fa propre fille avec l'ardeur la plus vive : comme il étoit vertueux, fon amour étoit furmonté par la raifon, & c'étoit cette raifon qui le rendoit de tous les hommes le plus malheureux.

Le fujet de la guerre étoit fimple : le Roi d'Efpagne prétendoit que les Anglais fléchiffent le genouil devant les Efpagnols : qu'ils euffent à fa Cour un Ambaffadeur qui ne portât jamais de chapeau, & que ce Miniftre du Roi d'Angleterre vint tous les matins à son lever lui demander sa main à baiser de la part de son Maître, & se mettre à ses genoux, en s'écriant vous êtes le plus grand Roi de tous les Rois, & mon Souverain n'est pas digne de vous donner à laver.

Le Roi d'Angleterre & ses Peuples avoient frémi d'horreur & de colére à ces propositions insolentes, & il avoit été résolu dans un Conseil de périr plutôt mille fois, que d'obtenir la paix à des conditions aussi humiliantes & aussi honteuses pour la Nation que pour le Souverain.

CHAPITRE VII.

LOrsque *Dom Pédre* arriva à la Cour, l'on y étoit dans la désolation. Le Roi venoit de perdre une grande Bataille; c'étoit la seconde, & le peuple craintif se croyoit à la veille d'être subjugué & de fléchir le genouil. Le Conseil du Roi, dans les premieres allarmes, avoit envoyé des Ambassadeurs au Roi d'Espagne; mais il ne les avoit pas voulu recevoir, & cela parce qu'ils avoient refusé de paroître en chemise devant lui, comme des Esclaves qui venoient implorer sa miséricorde. Le Royaume qui avoit été instruit de la fierté arrogante avec laquelle on avoit traité ses Ministres, avoit fait un dernier effort pour remettre une armée sur pied ; mais la terreur étant répandue dans tous les cœurs, on n'en auguroit rien de favorable ; les plus sages croyoient la Monarchie à la veille de sa ruine ; on en gémissoit secrétement, & on ne comptoit plus que sur les secours célestes dont on osoit à peine se flater.

Ces circonstances déplorales ne contribuérent pas peu à la maniere gracieuse dont le Viceroi fut reçu à la Cour : il paroissoit habile ; il étoit Espagnol & il devoit connoître le génie de sa nation ; la crise étoit telle, que le Roi s'estimoit heureux de l'acquisition seule d'un bon Officier.

Les espérances que ce Prince avoit conçues de *Dom Pédre*, ne furent point démenties : à peine fut-il arrivé sur les frontiéres, qu'il surprit un corps d'Espagnols fort supérieur à celui d'Anglais qu'il commandoit ; il osa l'attaquer contre l'avis de ses subalternes, & il le tailla en piéces. Cette action, qui n'étoit qu'un prélude de tout ce qu'il devoit faire dans cette Campagne, transporta de joie le

Roi d'Angleterre ; il y avoit deux ans qu'il n'avoit joui du moindre avantage ; il se flata que la fortune alloit changer, & il reprit un nouvel espoir sur de si heureux commencemens des Armes de Dom Pédre.

Deux Victoires remportées l'une après l'autre en moins de huit jours, firent changer la face des affaires : les Anglais reprirent courage, l'émulation prit la place de la terreur, & Dom Pédre, qui étoit le mobile de ces événemens, fut traité de la Cour avec une telle distinction, qu'on lui envoya les Patentes du commandement d'un camp-volant, avec carte blanche pour opérer pendant le cours de la Campagne tout ce qu'il jugeroit être le plus utile pour les intérêts de la Nation qui lui étoient confiés.

Cristanval pour son coup d'essai tua de sa propre main, au premier combat où il se trouva, le Commandant d'un Détachement, & parut aux Anglais un jeune lion, auquel il ne manquoit que de l'expérience pour être un grand Guerrier. *Dom Pédre* flaté avec justice de la maniere dont son Fils s'étoit gouverné dans cette occasion, jugea dès ce moment qu'il seroit un jour un grand homme, & qu'il monteroit aux grades les plus grands.

L'on n'entrera point dans le détail des grandes actions que fit *Dom Pédre* dans cette Campagne, il suffira de dire qu'il battit les Espagnols par-tout où il les put joindre : une Bataille gagnée couronna son triomphe : le jeune *Cristanval* y acquit une gloire immortelle : les Espagnols furent humiliés, & leur Roi, surpris de se voir arracher des lauriers qui lui avoient fait concevoir la conquête de toute l'Angleterre, travailla pendant tout l'hyver à remettre une autre armée sur pied, & si formidable, qu'il se flatoit non-seulement de faire payer cher aux Anglais les avantages qu'ils venoient de remporter, mais même de les subjuguer entiérement.

Dom Pédre & *Cristanval* furent reçus à Londres comme les Héros à qui l'Angleterre devoit son salut ; le Roi les fit passer dans son Cabinet, les accabla de caresses & augmenta leurs dignités & leurs revenus. *Dom Pédre* fut fait Général, son Fils Colonel, la Princesse sa Femme Dame du Palais, & l'on promit d'établir le plus avantageusement l'Inconnue qui avoit échapé au naufrage, & qui n'avoit point encore paru : elle passoit pour la Niéce de *Dom Pédre*, & c'étoit en cette considération que le Roi prétendoit la marier à un des plus riches Seigneurs de sa Cour.

Dès que *Dom Pédre* & *Cristanval* eurent reçu les complimens que la Cour leur faisoit en foule, ils se rendirent avec empressement vers *Emilie*, qui les attendoit avec la plus grande impatience. Pendant leur absence, elle avoit fait aprendre la Langue Espagnole à la jeune Inconnue, dont on n'avoit point encore pu aprendre les Aventures. Elle avoit des secrets de la derniére importance à aprendre à *Dom Pédre*, à l'occasion de cette belle Aventuriére, & elle désiroit avec ardeur de les lui communiquer, afin de prendre des mesures convenables aux circonstances délicates où elle se trouvoit.

Emilie après avoir donné des marques de sa joie de revoir son Epoux & son Fils, demanda à *Dom Pédre*, s'il soupçonnoit quelle étoit leur prétendue Niéce? Sçavez-vous bien, lui dit-elle, sans lui donner le tems de répondre, qu'elle est la fille du premier Ministre, & qu'elle a des raisons importantes pour qu'il ignore à jamais qu'elle est échapée du naufrage? *Dom Pédre* surpris de cette nouvelle, désira avec impatience d'être au fait de cette Histoire. Elle sçait assez bien notre Langue pour vous la conter elle-même, reprit *Emilie*, & elle le désire avec ardeur, dans la confiance où elle est que vous entrerez dans ses vues, & que vous la protégerez : ensuite de ces mots, la Princesse fit avertir l'Inconnue. *Dom Pédre* fut surpris de l'éclat de sa beauté & de ses graces touchantes ; elle étoit si changée à son avantage depuis son départ, que ce n'étoit plus la même personne. Le jeune *Cristanval*, qui n'avoit jamais rien vu de si beau depuis qu'il se connoissoit, en fut ébloui ; mais son jeune cœur qui s'étoit entiérement déclaré pour la gloire, se contenta d'admirer ses attraits. Après les premiers complimens, cette belle personne conta ses Aventures en ces termes.

CHAPITRE VIII.

HISTOIRE DE KEELMIE.

J'Ai déjà dit que je m'apellois *Keelmie* & que je ſuis Fille de Milord *Portemhil*: à peine ai-je eu l'age de raiſon, que j'ai perdu ma Mere, & que j'ai commencé à reſſentir des chagrins. Mon Pere, occupé des ſoins de l'Etat, crut ne pouvoir mieux faire que de confier mon éducation à des Religieuſes : on me mit dans un Couvent à ſix ans, & juſqu'à l'âge de douze, j'y vécus ſans trouble & ſans événement remarquable.

Mon Pere avoit coutume de m'honorer de ſa viſite tous les mois ; il eſt ſi bon & ſi tendre que je regardois ces jours comme les plus heureux de ma vie : je les attendois avec une impatience extrême, & lorſqu'il arrivoit que ſes affaires l'empêchoient d'y venir aux tems marqués, je me trouvois alors d'une triſteſſe dont rien ne pouvoit me faire revenir.

J'entrois dans ma treiziéme année ; ces jours-là ſont, comme on ſçait, un ſujet d'anniverſaire, & marqués par des réjouiſſances. Milord *Portemhil* ne manquoit jamais, lorſque cela arrivoit, de venir me voir, & de me faire des préſens en cette conſidération.

J'eus lieu d'être contente de ceux qu'il me fit cette année ; il ajouta aux habits les plus magnifiques, des pierreries, & beaucoup d'autres ajuſtemens qu'on ne m'avoit jamais donnés ; j'en fus tranſportée, & je lui exprimai ma reconnoiſſance par les careſſes les plus tendres & par les termes les plus propres à l'en perſuader.

Il parut ſe plaire à la maniére dont je le lui témoignai : vous voilà une grande fille, me dit ce reſpectable Pere ; je veux à preſent que vous ſoyez traitée comme telle. J'ai donné ordre qu'on vous donnât un apartement à part ; j'augmente vos Domeſtiques & vous aurez un parloir à vous ſeule, où votre famille vous verra ; il eſt tems que vous preniez peu-à-peu l'uſage du monde ; le tems aproche où vous y entrerez ; il convient que vous le connoiſſiez avant que d'y paroître : j'ai ſi bonne opinion de votre ſageſſe & de vos ſentimens, que je n'ai aucune inquiétude ſur l'uſage que vous allez faire de votre liberté.

Tant de témoignages de bonté m'attendrirent

tendrirent jusques aux larmes, mon Pere parut touché de ma sensibilité ; ce n'est pas tout, *Keelmie*, s'écria-t'il en m'embrassant, je songe à vous marier à un grand Seigneur aimable & bien fait ; dès que vos habits seront achevés je vous l'amenerai : il est juste que vous voyiez si ce mari sera de votre goût, avant que de rien conclure ; je ne veux jamais gêner vos inclinations.

Mon Pere me parut adorable en prononçant ce discours ; je ressentis un certain je ne sçais quoi qui me transporta : non, mon Pere, m'écriai-je avec une vivacité dont je ne fus pas la maîtresse, je n'épouserai point celui que vous me proposez, tant que vous me laisserez cette liberté du choix que vous m'annoncez : non, je le répete, je ne prendrai jamais un Epoux à moins qu'il ne vous ressemble, & cela de maniére que je ne le puisse moi-même distinguer d'avec vous.

Mon Pere se mit à rire de ce qu'il crut être une saillie, & sortit en disant que dans peu je changerois de langage ; il se trompa : le Cavalier qu'il me présenta quelques jours après, ne me plut point, tout aimable qu'il étoit, & je m'en expliquai avec franchise avec Milord à la premiére visite qu'il me fit en particulier.

Ce respectable Pere me tint parole, il ne voulut pas gêner ma liberté ; il me fit cependant quelques reproches sur ce que j'avois refusé un parti si avantageux ; mais je lui dis tant de choses flateuses, & je le caressai tant, qu'il s'en retourna sans pouvoir se fâcher de mes refus.

Vingt Cavaliers plus aimables les uns que les autres me furent présentés, je les refusai de même que le premier ; tout le monde s'en étonnoit, & blâmoit hautement mon Pere de son trop de complaisance ; bien des gens se persuadoient que j'étois prévenue secretement en faveur de quelqu'un : hélas ! on ne se trompoit pas ; mais qui auroit jamais osé soupçonner quel objet triomphoit de ma liberté ? Oserai-je l'avouer sans rougir mille fois ? hélas ! que ne m'en a-t'il pas coûté, lorsque je découvris le vrai principe de mes refus constans ! J'aimois mon Pere, oui mon propre Pere : je frémis en démêlant cette cruelle passion, & j'eus beau en sentir toute l'horreur, je ne l'en aimai pas moins.

J'entrerois dans un détail trop long si j'analisois les différens moyens qui me firent apercevoir toute la rigueur de mon ſort. Il me ſuffira de raporter une occaſion qui ne me permit pas d'en douter ; la voici : il eſt même à propos de la raporter ici, pour vous mettre mieux au fait de ma funeſte Hiſtoire.

Plus j'avançois en âge & plus je devenois ſérieuſe ; le goût ſecret qui me dominoit pour mon Pere, me rendoit ſi prévenante & ſi attentive à lui plaire, qu'il prit de ſon côté une telle affection pour moi, qu'il ne ſe paſſoit point de ſemaine qu'il ne vînt me voir trois ou quatre fois, & qu'il ne reſtât à mon Parloir des heures entiéres. Hélas ! ce furent ſans doute ces précieuſes viſites, qui achevérent de me perdre : loin de me défier des riſques que je courois, je m'aplaudiſſois intérieurement des mes ſentimens, je croyois qu'ils étoient ceux d'une fille bien née, & que cette tendreſſe étoit un devoir qui ne pouvoit être aſſez dignement rempli.

J'aurois vécu long-tems dans l'ignorance de mes affreux ſentimens, ſans un événement auquel je ne m'attendois pas, qui m'ouvrit tout-à-coup les yeux ſur mon terrible état. La jalouſie fut le fatal flambeau, qui me fit reconnoître, à ſa triſte lumiére, les égaremens de mon cœur. Mon Pere, qui me montroit de jour en jour plus de confiance, vint un jour me trouver de bonne-heure ; je lui trouvai l'air si triste en entrant dans mon Parloir, que j'en fus extrêmement émue, & lui en demandai la cause avec viva cité. Hélas ! me dit-il, *Keelmie*, comment pourrai-je vous la confier ? Le Roi m'oblige à prendre un parti qui va me coûter le repos de ma vie ; en vain me suis-je servi de tout le crédit que j'ai sur son esprit, pour le porter à changer de résolution, & à me laisser une liberté, que je trouve préférable aux plus grands biens de la vie, rien n'est capable de l'ébranler ; il sçait que dans une place où l'on s'enrichit ordinairement, j'y ai mangé le peu de bien que j'avois en remplissant mes devoirs, il veut absolument pour me faire une fortune plus brillante, & pour me mettre en état, dit-il, de vous marier avantageusement, que j'épouse la fille du Contrôleur-Général de ses Finances ; je me trouve une répugnance invincible pour ce mariage, malgré tous les avantages qu'il me procure, & l'idée flateuse, ma fille, de vous faire un sort heureux : ma raison me reproche cette répugnance, & combat en votre faveur. Voilà, *Keelmie*, le sujet de l'inquiétude que vous avez remarquée en moi, je ne vous en fais point un mystére, je sçais que vous êtes raisonnable, & que vous n'êtes pas capable de faire un mauvais usage de ma confiance : je trouve même de la douceur à n'avoir rien de caché pour vous.

Je me trouvai si troublée après ce discours, que mon Pere s'en aperçut ; il me demanda ce que j'avois & si je me trouvois mal. Hélas ! que lui aurois-je répondu ; sçavois-je moi-même la cause secrete de ce trouble ? non, mais je me trouvai contre mon ordinaire d'une timidité si grande, que je fus cependant quelque tems sans oser lever les yeux sur mon Pere & sans pouvoir lui parler ; il ne douta pas que je ne fusse prète à m'évanouir, tant j'étois pâle & défaite ; il se leva, fit apeller du monde pour prévenir ce malheur, & sortit en commandant qu'on me menât dans ma chambre, & qu'on eût de moi tous les soins possibles.

J'étois dans un état si extraordinaire, qu'on me ramena dans mon apartement sans que je donnasse aucune marque que j'eusse de la connoissance ; mes yeux étoient ouverts & ne voyoient rien ; on me crut plus mal que je n'étois ; mes femmes me deshabillérent, me mirent au lit, & firent enfin tous leurs efforts pour me rapeller à mon état naturel.

Je revins une heure après de cet état létargique, & je fus surprise de me voir environnée, comme un personne qui fait trembler pour ses jours: je demandai avec assez de tranquillité ce qui donnoit lieu à l'inquiétude que je lisois sur les visages, & aux soins qu'on se donnoit avec tant d'empressement; on me dit que je m'étois trouvée fort mal, & qu'on avoit craint que je ne le fusse davantage: je répondis que j'étois mieux, que j'avois besoin de repos, & qu'on me feroit plaisir de me laisser seule: on m'obéit; j'avois tant de choses à examiner en moi-même: je me trouvois si fort agitée de ce que mon Pere m'avoit dit, que je voulois démêler le principe de l'intérêt que je prenois à un mariage, qui ne devoit pas tant me tenir à cœur, & pour lequel il me convenoit de me montrer un peu plus indifférente.

Je jettai un grand cri à la connoissance de mon état; je le reconnus après une heure d'examen. Grand Dieu! m'écriai-je, se peut-il que l'égarement de mon ame soit poussé à un tel excès? Quoi! j'aime mon propre Pere? Et j'ai pu l'ignorer si long-tems ? Je combattis deux jours vainement, pour arracher le trait dont mon cœur étoit blessé ; tous mes efforts furent inutiles : non-seulement l'idée seule de cesser de l'aimer me parut un suplice, mais encore celle de le voir passer entre les bras d'une rivale, étoit ce qui me désespéroit. Je me déterminai à faire tous mes efforts pour rompre le mariage projeté ; & dès que j'eus pris cette résolution je me sentis soulagée.

Cent moyens plus extravagans les uns que les autres se présentérent à mon esprit, pour empêcher que mon Pere n'épousât celle à qui le Roi vouloit l'unir ; après une mûre délibération, je les rejettai tous ; je m'en tins à une imagination qui me parut propre à venir à mes fins, & à laisser entrevoir ma passion, sans être dans la cruelle nécessité de la déclarer ; je n'en eus pas plutôt compris toutes les conséquences, que je travaillai dès le moment à la mettre en usage ; je me mis à écrire, & j'envoyai à mon Pere la lettre suivante.

LETTRE de Keelmie à Milord Portenhil, son Pere.

JE me porte mieux, Milord, & le premier usage que je fais de ma convalescence, est de vous remercier des inquiétudes obligeantes que vous avez marquées, en envoyant si souvent sçavoir de mes nouvelles: ma reconnoissance ne peut être égalée que par le respect que je ressens pour vous; j'espére que vous voudrez bien, à vos momens perdus, m'honorer d'une visite précieuse, & après laquelle je soupire avec impatience.

J'ai un secret à vous communiquer, Milord; mais pourquoi vous laisser en suspens & ne pas vous le dire? Le voici: vous avez fait la conquête d'une Amie qui m'est chere à l'égal de moi-même: elle vous adore en secret; elle m'en a fait confidence; & si elle aprend ce que vous avez eu la bonté de me dire, il faut qu'elle périsse: quoiqu'elle soit sans espoir, elle ne peut s'accoutumer à penser qu'elle vous perdra pour jamais.

KEELMIE.

A peine eus-je envoyé ma lettre, que j'aurois voulu pour toutes choses au monde la retenir; j'envoyai un Laquais après celui qui la portoit, pour qu'il me la raportât; mais il n'étoit plus tems: j'étois aimée & trop bien obéie. Je tremblai en aprenant que mon Pere viendroit dîner avec moi: O Ciel! que vais-je lui dire, m'écriai-je ? ne va-t'il pas entrevoir ce qui se passe dans mon cœur ? mon trouble me trahira : que pensera-t'il de moi ? ne va-t'il pas m'accabler de reproches & de mépris ? Mon Pere fut ponctuel ; je tressaillis lorsque j'entendis son carosse arriver : il entra dans mon Parloir extrêmement paré, & avec un air beaucoup plus gai qu'à l'ordinaire : je ne sçus que penser de ce changement. Ma Fille, me dit-il dès que nous fumes seuls, aprenez-moi quel est l'objet charmant qui songe à votre Pere & qui s'intéresse à son sort ? croiriez-vous que votre lettre m'a causé des mouvemens que je ne puis bien définir : jamais je ne me suis trouvé dans une situation aussi extraordinaire : à la veille d'un Hymen que je ne puis refuser de conclure, je m'en sens plus éloigné que jamais, & votre lettre, je vous assure, n'y a pas peu contribué.

Je me trouvai dans un embarras le plus grand à ce discours ; cependant la crainte que mon trouble ne me trahît, me rendit à moi-même ; je voudrois de tout mon cœur, lui répondis-je, pouvoir satisfaire à votre juste curiosité ; mais j'ai juré à celle qui m'a confié son secret, un silence éternel, & il n'est pas possible que je puisse y manquer sans être la plus imprudente de toutes les femmes. Qu'il vous suffiſe, Milord, d'être aſſuré que jamais on n'a tant aimé qu'on vous aime, & que ce que je vous ai mandé eſt exactement vrai. Mais, reprit mon Pere, comment voulez-vous que je me décide ſur des connoiſſances ſi abſtraites ? faites-moi du moins connoître quel eſt cet objet aimable, qui veut bien s'intéreſſer à mon ſort. S'il ne s'agit que de vous promettre de ne jamais abuſer de votre confiance, j'en uſerai comme ſi j'ignorois ſes ſecrets ſentimens. Parlez, ma Fille, plus vous mettez d'obſtacles à ma curioſité, & plus je déſire qu'elle ſoit ſatisfaite : je ſçais que vous m'aimez, & je ne doute pas que vous ne me donniez cette marque de votre complaiſance.

Il avoit bien raiſon de croire que je l'aimois ce Pere adorable : hélas ! il n'étoit que trop vrai : mais je craignois que mon aveu ne l'irritât, & je n'avois garde de lui faire la confidence qu'il exigeoit. Je me défendis avec tantde vraiſemblance, & je lui fis ſi bien ſentir que je ſerois des plus mépriſables, ſi je trahiſſois une Amie qui m'étoit ſi chere, qu'il ne crut pas pour cette fois devoir en tenter davantage ; tout ce qu'il put obtenir de moi, à force d'inſtances, fut que je lui ferois voir un jour cette Amante ſecrete qu'il ſe peignoit dans ſon imagination échauffée la plus adorable perſonne du monde ; il me fit répéter plus de vingt fois que je lui tiendrois parole, & ce fut avec une peine extrême qu'il me quitta ſans être mieux éclairci.

Le lendemain il fut plus preſſant : vous ne m'aimez pas *Keelmie*, me dit-il, puiſque vous refuſez de m'en donner des preuves, ſur un point qui m'eſt ſi intéreſſant. Quoi ! vous vous efforcez de me le perſuader, & vous me préferez une Amie : non, je n'oublierai jamais votre peu de complaiſance, & le peu de cas que vous faites de mes prieres : ou il falloit ne me rien dire du tout, ou me ſatisfaire entierement.

Je voulus encore biaiſer, je tremblois : je ne ſçavois comment me défaire de ſes inſtances. Milord étoit trop pénétrant pour que je puſſe me ſervir de raiſons qui ne fuſſent pas abſolument valables ; il y a dans vos moyens de me refuſer, s'écria-t'il en ſe levant pour ſe retirer, une envie directe de me déplaire, qui me touche juſqu'au fond du cœur : eh bien ! gardez votre ſecret, je ne vous preſſerai plus de me l'aprendre ; mais ſouvenez-vous que je ne me mettrai jamais dans le cas d'avoir à me plaindre de vous.

Il voulut ſortir en proférant ces paroles ; l'état terrible où je me trouvois me fit pleurer amérement : attendez, lui dis-je en le retenant, je ferai tout ce que vous voudrez, ô mon Pere ! mais ſouvenez-vous que c'eſt vous qui m'y avez obligé, & que ſi je vous donne lieu de vous plaindre de moi ...... Eh pourquoi ! interrompit-il, en reprenant un viſage ſerain, aurois-je ſujet d'être irrité de votre complaiſance ? parlez-moi ſans feinte, vous me rendrez la vie : depuis l'idée que vous m'avez donnée de la perſonne aimable dont vous m'avez parlé, je porte dans mon cœur un trouble que je ne puis vous exprimer. Faut-il enfin vous l'avouer, *Keelmie*, je l'aime cette adorable perſonne, & même je ne puis plus vivre ſans la voir, & ſans lui donner des marques de ma reconnoiſſance & de mes ſentimens.

Pendant que mon Pere exprimoit ces paroles, avec une action qui me prouvoit combien il étoit pénétré de ce qu'il me diſoit, je ſongeois aux moyens de le ſatisfaire, ſans eſſuyer les mouvemens de ſa premiére ſurpriſe. Il me vint une imagination qui me parut convenable. Eh bien, lui dis-je, vous allez être content ; je vais chercher l'objet de vos désirs secrets, & vous l'amener, sous quelque prétexte spécieux ; de cette maniére je ne me mettrai pas dans le cas de me rien reprocher : pourvu que vous soyez satisfait, qu'importe comment ? Milord me laissa la maîtresse de me conduire dans cette occasion comme je le trouverois convenable ; il ne désiroit que de voir l'objet aimable qui s'étoit prévenu en sa faveur, & cela suffisoit pour qu'il n'eût plus à se plaindre de la résistance que je montrois pour ses désirs.

Je sortis & je fus me rendre dans mon Cabinet, avec un trouble difficile à exprimer ; j'avois fait faire mon portrait en mignature quelques mois auparavant, pour une tante qui me l'avoit demandé avec empressement ; je l'envelopai dans un papier ; je le cachetai, & je fus prier une de mes compagnes d'y mettre le dessus, en lui donnant pour raison que je voulois faire une petite piéce à mon Pere : je revins au bout de ce tems le trouver. Vous n'amenez point, me dit-il, l'aimable Pensionnaire dont vous m'avez parlé ; serois-je assez malheureux pour qu'elle ne voulût pas me voir ? mais, c'est votre faute, d'où vient lui avez-vous parlé de moi ; que ne l'engagiez-vous à vous ſuivre ſous quelque prétexte ? *Keelmie*, que vous êtes cruelle ! vous connoiſſez ma ſituation, mes impatiences, mes déſirs, & il ſemble que vous vous plaiſiez à m'accabler d'inquiétudes & de chagrins.

Je tirai alors le portrait de mon ſein. Voilà, lui dis-je, dequoi juſtifier ma conduite ; celle qui eſt prévenue ſi favorablement pour vous n'oſe paroître ici ; elle m'a chargée de vous remettre cette lettre ; je crois qu'elle vous aprendra le ſecret après lequel vous paroiſſez ſoupirer avec tant d'ardeur : on vous ſuplie de n'ouvrir ce paquet que lorſque vous ſerez ſorti d'ici ; ce n'eſt qu'à cette condition que je vous le remets. Mon Pere le reçut avec un tranſport de joie qui me toucha beaucoup, & en me promettant qu'il ſeroit obſervateur religieux de la condition. Il étoit trop curieux de s'éclaircir, pour qu'il reſtât plus longtems ; il ſe leva un moment après, & me quitta en m'aſſurant que j'aurois inceſſamment de ſes nouvelles.

Juſqu'au moment que j'en reçus, je me trouvai dans un état difficile à exprimer : la crainte & l'eſpoir m'agitérent tour à tour. Que va penſer mon Pere, me disois-je, en reconnoissant mon portrait : n'aura-t'il pas horreur du fatal secret dont il est l'emblême ? quel sera son couroux, ses reproches, son aigreur ? Ah, juste Ciel ! pourquoi avez-vous permis que mon cœur se laissât prévenir d'une passion si déshonorante pour la Nature ? mais, que dis-je, ne devois-je pas travailler sans cesse à la déraciner de mon ame ; ou, si mes efforts avoient été impuissans, l'ensévelir pour jamais dans mes regrets & dans ma douleur ?

CHAPITRE IX.

JE passai trois jours dans cet état funeste ; je désirois avec ardeur d'avoir des nouvelles de mon trop aimable Pere, & je les craignois en même-tems. Ah ! sans doute, continuois-je à penser, Milord *Portemhil*, effrayé des sentimens que j'ai osé lui laisser entrevoir, ne me regarde plus que comme un objet méprisable & qui n'est pas digne de lui apartenir ; il va m'abandonner à la honte de mon sort, oui je ne le reverrai jamais.

De pareilles réflexions me pénétroient de la plus vive douleur, & je pleurois amérement, lorſque j'entendis fraper à ma porte ; j'envoyai une de mes femmes ſçavoir ce qu'on me vouloit, avec défenſe de ne laiſſer entrer perſonne, ſous prétexte que je repoſois, dans la crainte de me montrer dans le déſordre où j'étois : on m'aporta une lettre qui me venoit de la part de mon Pere : je treſſaillis en la recevant. Voici, me dis-je, mon arrêt, je n'en dois point douter : je fus m'enfermer dans mon Cabinet, & j'ouvris en tremblant cette lettre fatale. Je l'ai relue trop ſouvent pour en avoir oublié la moindre expreſſion : la voici telle qu'elle étoit.

LETTRE de Milord Portemhil à Keelmie, ſa Fille.

APrenez-moi, *Keelmie*, ce que je dois penſer du préſent que vous m'avez fait ? Depuis que j'en ſoupçonne la cauſe, je n'ai pas eu un moment de repos : êtes-vous l'inconnue dont vous m'avez parlé ? eſt-il vrai que vous..... je n'oſe achever, je déſire avec ardeur d'être parfaiment éclairci, & je tremble également pour l'alternative : jugez par le trouble dont je ſuis agité de mes ſentimens ſecrets ; aprenez m'en davantage pour vous donner plus de confiance. Je ne ceſſe d'avoir les yeux ſur ce trop cher Portrait : je lui dis des choſes que je voudrois dire à l'original ; votre réponſe va décider de mon ſort ; il eſt entre vos mains, *Keelmie*. Hélas ! n'eſt-ce pas trop vous en dire ? m'entendez-vous auſſi-bien que je vous ai entendu ? Milord PORTEMHIL.

Je relus cette chere lettre trois fois. Ah ! je ſuis aimée, m'écriai-je à la quatriéme ; je n'en puis plus douter, tout me le prouve ; dans mon malheur extrême je me trouve trop heureuſe de trouver dans mon Pere les ſentimens que je reſſens pour lui. Sa ſageſſe fortifiera la mienne, & nous nous guérirons l'un l'autre d'une paſſion odieuſe que nous reſſentons à regret : fol eſpoir ! devois-je me flater que l'Amour travailleroit lui-même à ſa propre ruine ; mais dans de pareils égaremens, doit-on attendre d'autres effets de la réflexion ?

Je fus deux heures entiéres ſans ſçavoir de quelles expreſſions je devois me ſervir pour répondre à mon Pere ; tantôt je voulois interpréter différemment l'aventure du portrait ; une autre fois avouer naturellement mes foibleſſes, & ſuplier ce Pere reſpectable de ſe ſervir de tout l'empire qu'il avoit ſur moi, pour arracher de mon cœur le trait fatal dont il étoit déchiré : je me déterminai pour ce dernier parti. Je lui écrivis une grande lettre , où la vertu & l'amour se faisoient reconnoître tour-à-tour, mais où la passion prédominoit sur les vains efforts du sentiment raisonnable : hélas ! à quoi cette réponse servit-elle ? à enflamer mon Pere davantage. A peine eut-il reçu cette missive, qu'il vint me voir ; il ne me parut plus ce Ministre révéré , ce Pere respectable & qui m'avoit toujours imposé jusques-là. L'Amour en avoit fait un Amant tendre , empressé , délicat : sa vertu réprimoit en vain des mouvemens si odieux. Le crime prédominoit, & obscurcissoit, par son flambeau funeste , les rayons de cette même vertu , qu'on avoit toujours reconnu en lui, & qui le rendoit le premier de son siécle : fatal amour ! voilà de tes coups , il suffit de t'écouter, pour perdre en un instant tout ce que le Héroïsme & la sagesse nous ont fait acquérir avec tant de travaux.

Les premiers jours nous nous abandonnâmes à la douceur de nous aimer & de nous le dire sans cesse ; mais la vertu a cela de propre dans les cœurs où elle a établi son empire , que si elle semble céder aux assauts funestes qui lui sont livrés, elle reprend tôt ou tard le dessus, & secoue impérieusement les traits decochés par le vice ; nous nous en aperçumes bien-tôt mon Pere & moi : à peine sa voix éclatante se fut-elle fait entendre, que ces douceurs que nous goûtions devinrent améres & empoisonnées : nous nous fimes horreur mutuellement de nos foiblesses ; nous nous demandâmes l'un & l'autre comment il étoit possible que nous eussions plié avec tant de molesse sous un joug si honteux ; nous nous exhortâmes mutuellement à nous guérir d'une passion effroyable, qui devoit tôt ou tard nous perdre & nous plonger dans le plus affreux précipice : nous nous quittâmes avec des protestations réciproques de travailler chacun de notre côté à faire rentrer nos sentimens dans leur état naturel, & nous crumes, après huit jours de combats & d'épreuves cruelles, de ne plus nous voir ; que la vertu qui nous parloit reprendroit à la fin le dessus, & que nous n'aurions plus dans la suite à nous reprocher de tels égaremens.

Mon Pere gagna plus que moi dans ces combats respectables ; il avoit sans doute plus de vertu. Le neuvieme jour il m'écrivit pour se féliciter de sa victoire, & pour me faire des complimens sur la constance que je marquois, par mon funeste silence, dans des sentimens aussi dignes de lui & de moi. Il ne s'agit plus, me disoit-il, que de couronner un ouvrage si méritoire, c'est de nous ôter l'espoir, me mandoit-il, de nous revoir jamais. C'est en vous donnant un Epoux qui puisse vous rendre heureuse, & vous faire oublier un Pere malheureux. Je ne vous dirai pas ce qu'il m'en a coûté, ajoutoit-il, pour prendre ce parti ; qu'il vous suffise d'aprendre que votre mariage est conclu, & qu'avant quatre jours vous serez unie à l'homme le plus estimable de la Cour.

Cette lettre, au lieu de me rendre le repos, me l'ôta entiérement : je pensai que Milord *Portemhil* avoit remporté la victoire sur lui-même, qu'il ne m'aimoit plus, & qu'il me sacrifioit sans regret. Cette considération me fit verser un torrent de larmes, & au lieu de me faire triompher de l'horreur de mes sentimens, elle me rendit tout l'amour que j'éloignois vainement de mon cœur.

J'eus beau vouloir gagner sur moi de répondre aux désirs de mon Pere, en acceptant l'Epoux qu'il me destinoit, je n'y pus parvenir, non plus qu'à me persuader qu'il me convenoit d'éteindre une flamme si criminelle. Après deux jours de combats, je me trouvai plus foible que jamais. Mon illustre Pere, mon respectable Amant, qui fut témoin de mes foiblesses un jour qu'il vint me voir, pour me porter à fléchir généreusement sous le joug de cet Hymen projetté, s'en retourna pénétré de tout l'amour que je lui avois laissé entrevoir, & j'eus lieu de juger par quelques larmes qui lui échappérent, que s'il me pressoit à me jetter entre les bras d'un Epoux, ce sacrifice lui coûtoit du moins autant qu'à moi.

Je me trouvai après cette entrevue dans un accablement si affreux, que je ne pus plus me supporter moi-même. Peu de jours après je tombai malade : les Médecins qui connurent à ma langueur qu'un chagrin cruel en étoit le funeste principe, & qui s'imaginérent que peut-être l'air du Couvent m'étoit contraire, & qu'il pouvoit y avoir donné lieu, déclarérent que celui de la Campagne me seroit plus favorable ; ils me l'ordonnérent. Je ne fus pas fâchée de ce changement ; je me flatai que la solitude distrairoit mes agitations cruelles ; je partis pour une Terre de mon Pere, voisine de la Mer ; mais je ne m'en trouvai pas mieux. L'Amour m'y ſuivit , & ce départ ne ſervit qu'à ajouter à mes ſouffrances les rigueurs de l'abſence ; & quand on eſt en proie à ce Dieu cruel , c'eſt le plus barbare de tous les tourmens.

Les gens qui m'environnoient cherchoient tous les moyens qu'ils pouvoient imaginer pour me diſtraire de la mélancolie dans laquelle on me voyoit plongée. Les ordres qu'avoit donné mon aimable Pere lorſque j'étois partie , pour que l'on fût au-devant de tous mes déſirs , intéreſſoient tout le monde , & il n'y avoit point de jours qu'on ne me procurât de nouveaux délaſſemens : la promenade ſur la mer étoit celui qui me conſoloit le plus , & c'étoit auſſi celui que je prenois le plus ſouvent.

Un jour que je rêvois triſtement à la rigueur d'une deſtinée auſſi malheureuſe que la mienne , qui ne m'avoit rendue ſenſible que pour un Amant que je ne pouvois aimer ſans crime , un vent furieux s'éleva & pouſſa en pleine Mer la Galiotte ſur laquelle j'étois. Après une tempête qui dura deux jours & deux nuits , je fus rencontrée par un Vaiſſeau Eſpagnol ; mon équipage n'étoit pas en état de se défendre, nous fumes obligés de nous rendre ; on aprit qui j'étois, & comme nous commencions à être en guerre avec l'Espagne, on trouva ce hazard heureux, & on me conduisit à la Cour, comme un gage qui serviroit un jour aux desseins secrets de l'Etat.

Le Roi d'Espagne depuis plusieurs années vivoit dans une solitude profonde; on attribuoit la mélancolie cruelle dans laquelle il étoit plongé, à une aventure arrivée à la Princesse *Emilie* sa Sœur ; elle s'étoit éprise du Viceroi de Catalogne ; &, sans égard à son rang & à ce qu'elle devoit au Roi son Frere, elle s'étoit fait enlever par son Amant. Elle vivoit, à ce qu'on disoit, dans un endroit inconnu de la terre. Ce Prince, dont la délicatesse sur l'honneur & la gloire est connue de tout l'Univers, avoit pris à cœur cet affront, & le bruit couroit que c'étoit là le motif secret qui l'avoit obligé de faire la guerre aux Anglais, parce qu'il les soupçonnoit d'avoir donné azile au Ravisseur de la Princesse sa Sœur. En vain depuis le malheur qui étoit arrivé à la réputation de son sang, avoit-on tenté tous les efforts possibles pour dissiper ses chagrins, rien n'avoit pu réussir : il persistoit à se renfermer dans ſon Palais, & à être inacceſſible à une partie de ſa Cour, & lorſqu'il en ſortoit, ce n'étoit que pour donner des actes de ſa mauvaiſe humeur & cruauté à laquelle on prétendoit qu'il avoit toujours été ſujet.

Dès que la belle étrangere eut prononcé le nom du Roi d'Eſpagne, Dom Pédre & Emilie ſe jetterent un regard réciproque, qui marquoit l'intérêt qu'ils prenoient à ce récit ; ils ne jugérent cependant pas qu'ils duſſent interrompre Keelmie ; ils remirent à la fin de ſon Hiſtoire à ſatisfaire une légitime curioſité.

A peine fus-je arrivée à la Cour, pourſuivit Keelmie, que j'appris toutes ces choſes de la femme de *Menquès*, premier Miniſtre, chez laquelle on m'avoit remiſe, ſelon les ordres du Roi, afin que je ne puſſe m'échaper, & que je fuſſe traitée comme une fille de ma qualité. Quelques bonnes façons qu'on eût pour moi, je montrois une triſteſſe extrême ; elle étoit attribuée à mon eſclavage ; mais hélas ! il avoit la plus petite part à mes chagrins. L'idée de mon aimable Pere me pourſuivoit en tous lieux, je portois ſa chere image dans mon cœur, nul événement ne pouvoit l'en arracher.

Je paſſois une partie des jours & des nuits

nuits à pleurer ; en vain la femme du premier Ministre, qui sembloit m'avoir prise en affection, tentoit-elle de distraire mes chagrins : j'avois beau faire moi-même pour affecter plus de tranquillité, la noire mélancolie prédominoit sur les efforts que je faisois pour répondre aux bontés de *Dona Medulina* ; c'étoit le nom de la femme du premier Ministre ; ma langueur auroit dû faire connoître ce qui se passoit dans le fond de mon ame : j'étois quelquefois étonnée qu'on ne l'entrevît pas.

Un jour que nous étions prêts à nous mettre à table, *Menquès* entra, accompagné d'un Inconnu dont les traits me frapérent. Il avoit l'air grand & majestueux, & sa phisionomie m'intéressa par un air de tristesse qui y étoit répandu & qui avoit assez de raport à l'état où je me trouvois : il me parut qu'il m'envisageoit avec des idées semblables aux miennes, & qu'il s'intéressoit à mon sort ; il parla peu pendant le repas & m'examina beaucoup. Il me fixa si souvent, que je m'en trouvai embarrassée, & que je n'osois plus lever les yeux sur lui. *Dona Medulina*, qui étoit de la meilleure humeur du monde, fit tout ce qu'elle put pour égayer ce nouveau convive ; mais il sembloit qu'il se modelât exprès sur mes façons. Je ne mangeois presque point : il touchoit à peine à ce qu'on lui présentoit ; il m'échapoit des soupirs, il en fit plusieurs : je ne parlois point, & il ne répondoit que par monosillabes. Je remarquai tout cela, & je m'apperçus même qu'il avoit un air d'autorité dans cette maison, & qu'on y avoit de grands égards pour lui. Je m'en étonnai, & cela parce que c'étoit la premiere fois que je l'avois vu chez *Menquès*. Je jugeai en moi-même que c'étoit quelque Prince, ou quelque grand Seigneur de la Cour : vous connoîtrez bien-tôt que je ne me trompois pas.

Dès que nous fumes hors de table, *Menquès* disparut comme à son ordinaire, pour se retirer dans son Cabinet : l'Inconnu qui ne m'avoit été annoncé que pour un Gentilhomme qui vivoit de son bien, (ce que je ne croyois pas) proposa à *Dona Medulina* de passer dans un magnifique jardin, qui faisoit face à la salle où nous avions dîné : elle feignit d'avoir eu la même idée, & me dit en souriant que la promenade étoit belle, & que rien n'étoit plus capable de distraire les sombres idées. Je ne répondis que par une révérence & je la suivis. L'Inconnu me présenta la main avec un air toujours aussi triste & aussi embarrassé. J'aurois bien désiré me retirer, comme *Menquès* avoit fait. Mais je n'osois faire ce chagrin à *Dona Medulina*; elle avoit tant d'affection pour moi, qu'il sembloit que dans la situation où je me trouvois je devois du moins me contraindre, & la dédommager par mes complaisances de l'air de tristesse avec lequel je paroissois toujours à ses yeux.

CHAPITRE X.

DOna Medulina, pour une femme de quarante ans, eſt encore belle : dans ſa premiere jeuneſſe elle a été coquette, & elle n'a paru ſe ſoucier que du plaiſir de groſſir le nombre de ſes adorateurs : depuis que ſes apas ſe ſont évanouis, peu-à-peu l'ambition a pris la place de l'amour ; elle n'oublie aucun des moyens qui peuvent la mettre dans la plus haute conſidération. S'il avoit été poſſible qu'elle eût pu captiver le Roi d'Eſpagne, pour que tout le Royaume eût dépendu d'elle, elle y auroit réuſſi ; elle a tous les talens convenables, elle eſt adroite, ſouple, complaiſante & ne trouve jamais rien de difficile, lorſqu'il eſt queſtion de parvenir à la faveur : mais comme elle a de la pénétration & du génie, & qu'elle conçoit que ſes charmes ne ſont pas ſuffiſans, pour ſe rendre abſolue ſur le cœur de ſon Maître, elle a toujours ambitionné de trouver un ſujet facile à conduire qui fût aſſez aimable pour enchanter le Monarque : dans l'idée flateuſe que ſi cela arrivoit par ſon canal, elle ſeroit toute puiſſante, & que ſon crédit la mettroit dans l'état où ſon ambition aſpire depuis ſi long-tems.

Je reviens à préſent à ce qui m'arriva à la promenade, dont je viens de m'écarter, pour faire connoître une perſonne qui va jouer un rôle bien intéreſſant. Nous ne fumes pas plutôt aſſiſes dans un cabinet de marbre, que les eaux jailliſſantes rendoient le plus beau lieu du monde, que cette habile femme ſe leva avec une air d'inquiétude & s'écria qu'elle avoit une lettre indiſpenſable à écrire, qu'elle alloit l'expédier & revenir dans le moment : je voulus la ſuivre, mais elle me pria de reſter & de l'attendre, en me diſant, en ſouriant, qu'elle me laiſſoit avec un Cavalier qui valoit bien la peine que j'euſſe de la complaiſance. Je me trouvai dans ce moment ſi extraordinairement agitée, que je demeurai comme un terme, & ſans faire aucune réflexion à la ſituation embarraſſante où elle me laiſſoit.

L'Inconnu qu'on venoit de me vanter, ne me parut pas plus libre d'eſprit que moi ; nous fumes vis-à-vis l'un de l'autre, pendant plus d'une demi-heure, ſans nous rien dire : croiriez-vous que cette conduite me donna pour lui de la considération ? S'il m'avoit tenu les propos qui se tiennent ordinairement en pareil cas à une jeune personne qu'on supose aimable, accoutumée à de pareils discours, ils ne m'auroient fait aucune impression; mais son silence flata mon amour propre: je trouvai assez singulier que cet homme fût le seul de tous ceux que j'avois vu, qui ne me dît rien d'obligeant, & je désirai qu'il parlât pour décider d'une façon de penser que je trouvois si bisarre : je le souhaitai vainement, il m'entretint de choses indifférentes ; me parla du Jardin où nous étions ; de la probité du premier Ministre chez lequel je vivois ; des gentillesses de sa femme ; & pendant près de trois heures que je me trouvai avec lui, je n'eus pas à lui reprocher qu'il voulût me flater sur la moindre de mes qualités.

J'étois si surprise d'une sagesse si peu ordinaire chez les hommes, que je serois restée jusqu'à la nuit sans songer à me lever de ma place. *Dona Medulina*, qui arriva enfin avec son Mari, fit changer la conversation : elle étoit gaie & elle raporta à l'Inconnu une aventure toute récente, qui sembla le tirer d'une rêverie profonde. Il s'agiſſoit d'une jolie femme, qui n'avoit jamais pu ſouffrir ſon Mari, tant qu'il avoit été empreſſé & fidéle, & qui en étoit devenue folle & jalouſe depuis que les aſſiduités de ſon Epoux étoient ceſſées, & depuis qu'elle avois apris que las de ſon indifférence pour lui, il s'en étoit conſolé par le choix d'une Maîtreſſe aimable. Cela ne me ſurprend pas, reprit l'Inconnu, après avoir écouté avec beaucoup d'attention l'hiſtoire qu'on venoit de raporter : les femmes ſont fantaſques, capricieuſes & bizarres. Le Mari de celle dont vous venez de parler s'eſt laſſé d'être ſot, & s'il avoit commencé par où il finit, il n'auroit pas à ſe reprocher à préſent d'avoir joué un rôle auſſi peu convenable & ſéant à quelqu'un qui ſe pique d'avoir de la raiſon ; en un mot je ne puis concevoir qu'on ſoit homme & qu'on puiſſe avoir la foibleſſe de fléchir ſous le joug d'un ſexe auſſi trompeur & auſſi vain : dans le vrai ce ſexe n'a pour tout mérite qu'un faux brillant dénué de toutes qualités ſolides, & il faut être efféminé, ſans expérience & ſans raiſon, pour ſe laiſſer captiver auſſi aiſément qu'on le fait aujourd'hui.

Ce diſcours me parut bien fort, &

bien extraordinaire devant deux femmes d'une certaine façon ; il me piqua, je fus surprise que *Dona Medulina*, dont la vanité m'avoit toujours paru extrême, ne sçût point y répondre. Sans chercher à en pénétrer la cause secrete, je le fis pour elle, je pris le parti des femmes : j'apuyai mes raisons de citations & d'exemples ; j'avois beaucoup lu, ma mémoire m'a toujours servi à propos : je fis l'apologie de mon sexe avec chaleur, & je la terminai par résoudre que si nous avions quelques défauts, il ne falloit les attribuer qu'à la liaison que nous avions avec les hommes, & que la plus grande preuve qu'on en pouvoit aporter, c'est qu'on les voyoit tous les jours aux pieds de celles que leur vanité cherchoit à humilier si souvent.

Dona Médulina me jetta un coup d'œil qui sembla me dire, vous vous êtes acquitée à merveille de votre rôle : pour l'Inconnu qui m'avoit écouté avec une sorte d'intérêt, il me fit enfin une politesse. Des femmes de votre sorte, me dit-il, avec un air complaisant, n'entrent pour rien dans le portrait que je viens d'en faire : vous êtes trop bonne de vouloir bien les honorer de vos éloges, vous devriez les réserver pour vous seule ; après cela l'Inconnu se tourna vers *Menquès*, & lui dit qu'il étoit satisfait, & qu'il avoit bien vu des femmes dans sa vie, mais qu'il n'en avoit point trouvé qui me ressemblât. En achevant ces mots, il se leva & il me jetta un coup d'œil en se retirant qui ne me parut point aussi froid que je me l'étois d'abord persuadé.

Je ne pus m'empêcher après son départ de me féliciter de ce que j'avois enfin obtenu de cet homme sévere une politesse qui avoit paru tant lui coûter ; je me rapellai sa tristesse, son air distingué & noble, ses maniéres aisées d'agir & de parler, & je m'occupai de tout cela au point, que le souvenir de mon aimable Pere en souffrit : je ne fis pas pour lors cette derniere réflexion : je me trouvai dans une situation d'esprit si extraordinaire après la vue de l'Inconnu, que je ne pensai à rien qu'à lui.

Dona Medulina, qui me vit plus distraite qu'à l'ordinaire, & qui avoit depuis quelques jours des raisons pour approfondir mon intérieur, me demanda, dès que je fus seule avec elle, ce que je pensois du Cavalier qui m'avoit tenu compagnie pendant son absence. Je me trouvai étonnée à cette question, & je lui répondis avec embarras, que dans le triste état où j'étois je ne songeois qu'à mes malheurs.

Elle avoit trop d'esprit pour se rendre à cette réponse, mais elle crut devoir attendre un moment plus favorable, pour me sonder & pour m'amener à ses vues : nous retournâmes à la maison, & je n'y fus pas plutôt que je me retirai dans mon apartement. J'avois coutume tous les jours, depuis que j'étois séparée de mon Pere, de flater mon cruel amour par la douceur d'examiner un portait que j'avois de lui. Toutes les choses de la vie se tournent en habitude ; à peine fusje dans un cabinet, que je m'y enfermai & que je fus tirer d'une cassette ce portrait, ci-devant la consolation de mes malheurs ; mais le croira-t'on ? je le pris, & à peine y jettai-je les yeux, je le tenois entre mes mains & je songeois à toute autre chose qu'à lui. O Ciel, m'écriai-je, m'appercevant enfin d'un changement si surprenant, serois-je assez heureuse pour qu'une passion criminelle s'éteignit peu à peu ! Grand Dieu ! feriez-vous ce miracle, & rentrerois-je dans les ſentimens qui conviennent à une fille bien née ! Je fus ſi touchée de cette réflexion que je me jettai à genoux, & que j'adreſſai à Dieu des priéres qui marquoient ſincérement mon changement : je ne fus occupée le jour & la nuit que de cette idée, & plus j'y faiſois d'attention, & plus je me trouvois tranquille & ſoulagée.

Je paſſai la plus agréable nuit du monde en comparaiſon des précédentes : j'avois encore de l'inquiétude, mais qu'elle étoit d'une nature bien différente de celle dont j'avois été agitée juſques-là ! Je ſongeai à mon reſpectable Pere, il eſt vrai, je revis même encore ſon portrait avec plaiſir, j'examinai le fond de mon cœur, je continuai à remercier le Ciel du changement miraculeux qu'il y opéroit ; ce n'étoit plus ces vives douleurs que l'abſence occaſionnoit par le paſſé : je ne pouſſois plus de ſoupirs brûlans, je ſouhaitois de le revoir ce Pere trop chéri, ſans que le fatal amour dont j'avois été obſédée fit entendre ſa voix tirannique & monſtrueuſe. Je n'oſois me flater que cet état heureux dureroit ; mais au bout de huit jours je me trouvai ſi tranquille & ſi revenue de mes funestes égaremens, que je repris peu-à-peu quelques apas dont la nature m'avoit parée & que ma folle passion m'avoit fait perdre. Le neuvieme jour mon esprit parut dans une assiette si favorable, que l'on m'en fit compliment. *Dona Medulina* me dit en me flatant, que je devenois mille fois plus belle de jour en jour : en effet mon teint n'étoit plus pâle, il s'étoit éclairci, mes yeux reprenoient leur brillant passé; je m'en apperçus moi-même & je ne pus m'empêcher alors, sans trop sçavoir pourquoi, de m'en applaudir avec plaisir.

Fin de la premiere Partie.

www.ingramcontent.com/pod-product-compliance
Ingram Content Group UK Ltd.
Pitfield, Milton Keynes, MK11 3LW, UK
UKHW020309180726
13839UKWH00001B/421

9 782329 563244